꿈의 속도로 걸어가라

꿈의 속도로
걸어가라

———— 강미애 에세이 ————

BM (주)도서출판 **성안당**

"세상의 중요한 업적 중 대부분은,
희망이 보이지 않는 상황에서도
끊임없이 도전한 사람들이 이룬 것이다."

· 데일 카네기(Dale Carnegie) ·

오늘도 나는 도전한다

2021년 연말, 코로나의 재확산으로 인해 학생들은 3분의 2만 출석하고 나머지는 온라인 수업으로 전환했다. "6학년 1반 ○○○ 학생이 코로나 밀접접촉자라 합니다", "1학년 2반 ○○○ 엄마가 확진자와 같은 사무실에서 일해 밀접접촉자로 분류되었다고 합니다" 등등 매일 들려오는 코로나 관련 학생들의 소식으로 학교는 살얼음판을 걷고 있는 듯하다.

나의 어린 시절은 늘 자연과 함께였다. 산과 강과 들녘을 뛰어노는 것이 주된 일과였다. 초등학교 1학년 가을 무렵 멋모르고 동네 언니들을 따라 산에 나무하러 갔다가 낫에 손가락을 깊이 베였던 적이 있었다. 제대로 치료하지 못한 채 다음 날 학교에 갔는데, 상처를 보고 깜짝 놀란 선생님이 당시 가장 좋은 약이던 바셀린을 정성스레 발라주셨던 기억이 아직까지도 선명하다. 덕분에 상처가 무사히 아물었고, 아픔은 그저 추억으로 남아 있다.

방과후에는 운동장 한쪽 모서리에 자리를 잡고 주변 돌멩이들을 모아 공기놀이를 했다. 추운 겨울 운동장의 언 흙을 맨손으로 쓸며 공기놀이를 하다 보면 자연스레 손등이 갈라지고 손바닥은 까슬까슬 거칠어진다. 손이 부르트도록 노는 것에 심취했던 그 시절 또한 추억으로 남아 있다.

내가 지금까지 잔병치레 없이 건강하게 살아 온 것은 어린 시절 흙과 자연과 함께 어울려 지낸 시간이 많아 면역력이 강해진 덕분이라는 생각이 든다. 면역력이 나의 몸을 지켜주듯 마음에도 면역력이 필요하지 않을까?

이 글을 쓰면서 지난날을 돌아보니, 지금 이 순간까지 교육자로서 즐겁게 학교생활을 할 수 있었던 까닭을 알게 되었다. 바로 '도전'이다. 내 삶은 도전의 연속이었다. 교사일 때는 리코더 대회, 단소 대회 등에 참가하며 학교에 새로운 문화를 만들었고, 삶에 무료함이 찾아왔을 땐 미국 연수를 떠나 견문을 넓혔다. 이후 돌아와서 초등학교 선생님들에게 영어 교육법을 알려주고, 이를 바탕으로 한 수업 연구로 열린교육연구대회에서 1등도 했다.

남들의 만류에도 도교육청 파견 근무에 지원했고, 이를 계기로 교육 전문직에 도전해 장학사가 되었다. 세종으로 근무지를 옮겨 새로운 사람들과 새로운 교육 문화 도입에 힘썼으며, 세종교총 회장으로서 교원들의 권익 보장을 위해 노력했다.

사람은 낯선 환경에 노출되어야 새로운 생각을 하게 되고, 또 그 새로운 생각은 위기의 순간에 독창적인 아이디어를 도출시킨다. 나에게 도전은 새로운 시작이고, 열정이고, 지치지 않는 동력이었다.

아이들에게 이런 도전 정신을 심어주는 것, 그리고 도전에 실패해도 다시 일어날 수 있는 마음의 힘을 길러주는 것, 이것이 내가 의도하는 교육이다. 교육을 하는 사람은 교육 대상자에게 감히 무엇을 요구할 수는 없으나, 다만 한 가지 바라자면 '살아가는 힘'을 찾길 바란다. 살아가는 힘은 '각자의 안에서' 나오는 것이리라.

사람이 눈으로 볼 수 있는 가시광선은 전체 스펙트럼의 5% 정도에 불과하다고 한다. 출발선에 서 있는 우리 아이들의 꿈도 스펙트럼처럼 눈에 보이지 않아도 그 안에 무궁무진한 가능성이 있다. 선생님의 역할은 아이들이 무한한 가능성을 마음껏 실현할 수 있도록 기반을 잘 닦아주고, 실패해도 다시 도전할 수 있는 마음의 면역력을 키워주는 것이다.

이 책 안에 내가 걸어온 길을 모두 토해내기에는 글솜씨도 모자라고 시간적인 제약도 있었다. 단편적인 정보만으로 한 사람을 전부 알기에는 부족하다는 것을 안다. 그래도 강미애라는 사람이 자라오면서 어떤 생각을 했고, 누구에게 많은 영향을 받았고, 어떤 책을 읽었고, 어떤 교육을 했고, 어떤 길을 걸어왔고, 그에 대한 철학은 어떠했는지를 조금이나마 엿보는 시간이 되었으면 한다.

내가 좋아하는 구절을 소개하며 마무리하려 한다. 이랑주 저자의 《살아남은 것들의 비밀》에 나오는 구절이다.

"성공이나 유명세는 자신이 하는 일에 욕심과 집착, 의도를 버리고 순수하게 임할 때 얻게 되는 하나의 결과일 뿐이다. 그 자체가 목적이 된다면 더 느리게, 더 어렵게 얻어질 것이다. 좋아하는 일에 계산기를 들이대지 말고 '그냥' 했으면 좋겠다. 경쟁하지 말고, 싸우지 말고, 타인과 비교하지 말고, 자신이 좋아하는 일을 하다 보면 1만 시간이 지난 후 세상은 당신에게 합당한 대우를 해 줄 것이다. 그리고 세상은 당신으로 인해 위로 받고 용기 얻고 감동할 것이다."

오래 살아남는 법을 마음으로 몸으로 알아가는 시간이 계속되어야 할 듯하다.

2022년 1월
강미애

2부 | 교육자의 길을 걷다

3부 | 꿈이 있는 사람은 멈추지 않는다

1부

지금의 나를 만든 것들

행복했던
나의 어린 시절

내가 살던 고향은

　　나의 고향은 높은 산들로 둘러싸이고 섬진강 물이 굽이돌아 흐르는 산골짜기, 토끼하고 발맞추는 두메산골, 전북 임실 갈담마을이다. 섬진강 시인으로 잘 알려진 김용택 시인이 사는 진메 마을 근처다.

　　우리 마을에서 멀지 않은 곳에는 험준하고 골 깊기로 유명한 회문산이 있다. 임실과 순창, 정읍의 경계를 만드는 산으로 조선 말 동학의 거점이었으며 우리나라 천주교의 성지 중 한 곳이다. 지금은 휴양림으로 사람들이 휴식을 취하러 찾는 곳이지만, 한국전쟁 당시의 치열한 격전지로 빨치산 남부군 조선노동당 전북도당 사령부 본거지가 있었다. 그 당시 우리 마을도 낮에는 토벌군이 주둔하고, 밤에는 빨치산이 점령하는 살벌한 곳이었다고 한다.

회문산 근처 옥정리에는 내가 태어날 즈음 우리나라 최초의 다목적댐인 섬진강댐이 완공되었다. 1940년대부터 착공을 시작해 중단과 재착공을 거듭하다가 마침내 댐이 완성되었고, 경치 좋고 아름다우며 쓸모 많은 인공호수 옥정호가 탄생했다. 그 섬진강 물의 일부가 섬진강 수력발전소(칠보발전소)를 통해 유역 변경 발전으로 동진강으로 보내져 부안 계화도 간척지 논을 풍요롭게 적셔준다고 했다. 초등학교 사회 시간에 배운 이야기를 조금은 특별하게 생각했는데 그곳이 바로 내 고향 언저리다.

산 높고 물 많고 인심 좋은 우리 마을
....

우리 동네에 있는 시장은, 지금은 인구가 많이 줄고 겨우 형태만 유지하고 있지만, 예전에는 주변 청웅면, 운암면, 덕치면의 사람들이 오일장을 보러 모이던 꽤 큰 규모였다. 나 어렸을 때만 해도 지금의 백화점 기능을 할 만큼 중심지 역할을 톡톡히 했다. 장날이면 생활에 필요한 옷, 신발 등 공산품은 물론 농수산물이 풍부했고 사람들로 북적거렸다. 지금은 국악놀이터가 되었지만, 우시장도 열렸던 제법 활기찬 곳이었다.

우리 집은 마을 초입에 있었다. 집 앞으로 국도를 사이에 두고 20

여 가구가 옹기종기 모여 살았다. 집 뒤로는 산과 밭, 집 앞쪽으로는 넓지는 않지만 논들이 있었다. 그 논 너머로 폭 10m 정도 되는 내가 흘렀다.

한여름 장마철에 큰비가 내리면 우린 모두 이 냇가로 몰려갔다. 그 당시만 해도 큰물이 지면 그 냇가로 돼지가 둥둥 떠내려오고, 지붕이랑 장독들도 쓸려 내려왔다. 그 모습을 보며 동네 사람들이랑 발을 동동거리며 안타까워했던 기억이 생생하다.

외
로
운
늦
둥
이

우리 집은 1남 4녀로 딸이 많은 집이었다. 나는 엄마가 39세에 낳은 늦둥이였고 아버지는 일찍 돌아가셨다. 첫째 언니와 오빠는 내가 어릴 때 결혼해 멀리 분가했고, 둘째 언니는 초등학교 다닐 때 시집을 갔다. 바로 위 셋째 언니와도 6살 터울이라 내가 초등학교에 들어갈 때 이미 중학생이었던 언니는 나하고 놀아 줄 수준이 아니었다. 어쩔 수 없이 나는 어렸을때부터 혼자 보내는 시간이 많았다.

어린 눈엔 언니들이 마냥 멋있어 보여 언니들이 하는 일은 다 따라 하고 싶어 했다. 그땐 그저 언니들 틈바구니에 끼어 어리광부리고, 언니들 가는 곳을 쫄래쫄래 따라다녔던 것이 행복이었던 것 같다. 언니들이 방에 누워서 얼굴에 달걀 마사지를 하는데 옆에서 기웃거리면 내 얼굴에도 그 귀한 달걀 물을 묻혀주었던 기억이 선명하다.

외로움은 나를 강하게 만들었다

아버지에 대한 기억은 많지 않다. 지게에 나무를 한가득 짊어지고 대문을 들어오시는 모습, 지게를 내려놓고 콜록거리는 모습이 떠오른다.

초등학교 1학년 겨울방학 내내 의사가 들락날락했고 아버지는 아랫목에 자리하고 누워만 계시다가 돌아가셨다. 추운 겨울 마당에서 장례를 준비하기 위해 둥근 연탄불을 빨갛게 피우고 동네 아주머니들이 음식을 장만하고 많은 사람이 분주히 아버지 장례를 준비하던 모습이 어린 내 눈에는 꼭 잔칫집처럼 보였다.

때가 1973년이었으니 기름기가 섞인 음식을 먹을 기회가 많지 않았던 그 옛날, 토끼하고 발맞추는 산골동네에서 기름 냄새 진동하고 먹고 마실 것이 풍성했던 상갓집은 잔칫집과 다름없었다. 아버지는 마지막 가시면서 동네 사람들에게 밥 한 끼 거나하게 대접하고 가셨던 거다.

아버지가 돌아가시고 모든 것을 엄마가 해주는 것이 당연하다고 생각했다. 사춘기 때에도 아버지에 대한 그리움이나 아버지가 계시지 않은 것에 대한 불편함을 느껴 본 적이 없다. 아마 아버지가 오랫동안 아프시다가 돌아가셨고 아버지라는 존재에 대한 기대가 없어서 그랬던 것이 아닐까 한다.

홀로 아이들을 책임져야 했기에 엄마는 무척이나 바빴다. 엄마가 들일 가거나 장사하러 가면 나는 혼자 놀고, 혼자 먹고, 혼자 공부했다. 혼자 하는 것에 익숙해지면서 나는 일찍 자주적이고 독립적인 아이가 되었다.

왼쪽부터 첫째 언니, 셋째 언니, 어머니, 둘째 언니

참 잘 놀았어요

어렸을 때 또래에 비해 몸집이 작은 편이었다. 초등학생 때는 옆집 순이가 "쪼그만 것"이라고 부르며 놀리곤 했다. 몸집은 작아도 씩씩하고 당찬 성격에 친구들이나 언니들과 놀아도 빠지거나 뒤처지지 않았다.

이 시절에는 자연이 우리들의 놀이터였다. 계절에 따라 각양각색으로 변모하는 산과 냇가를 누비며 가지가지로 놀았다.

봄이면 찔레 줄기 꺾어 먹기, 감또개(감꽃) 줍기, 삐비꽃(백모화) 뽑아 씹어먹기, 쑥과 냉이 캐기 등을 하며 온 산과 들을 구석구석 뛰어다녔다.

여름이면 마을 앞 냇가에서 온 동네 아이들이랑 아침부터 저녁까지 멱을 감고 놀았다. 이것이 심심해지면 집에서 엄마 몰래 프라이팬, 뒤집개, 밀가루, 기름 등을 들고나와 물가에서 전을 부쳐 먹었다. 밀가루에 깻잎 하나 넣어 부쳤을 뿐인데 어찌나 고소하던지 그 맛이 지금도 그리울 정도다.

물 맑은 섬진강 상류인 내에는 물고기나 다슬기, 조개류가 많았다. 친구들이나 동네 사람들이 다슬기 잡으러 가면 쫄래쫄래 따라갔다. 워낙 솜씨가 없어서 다른 사람들 한 바구니씩 주울 때 난 겨우 바닥만 채웠지만 참 재미난 시간이었다. 이렇게 여름이 지나고 겨울을 보면 나는 어느새 눈만 반짝반짝하고 얼굴은 새까만 아이가 되어 있었다.

가을은 수확의 계절이었다. 바쁜 어른들을 돕기 위해 작은 일손을 보탰다. 고추며 깨, 콩 등을 마당에 아침저녁으로 널었다 걷기를 매일 반복했고, 주말 아침엔 밤을 줍고, 감을 땄다.

겨울이 되면 고사리 같은 여린 손등이 갈라져 피가 날 정도로 얼음과 흙을 만지며 놀았다. 추워도 추운 줄 모르고 햇빛 잘 드는 운동장 구석에서 손을 호호 불어가며 공기놀이나 자치기를 하고, 강물이 꽁꽁 얼면 얼음 위를 미끄러지며 지치도록 놀았다.

정월 보름날이 다가오면 분유 깡통을 찾으러 온 동네를 위아래로 오르내렸다. 그때만 해도 분유 깡통이 흔하지 않았던 시절이어서 혹여 작은 깡통이라도 하나 찾으면 그날은 기분이 최고로 좋았다. 밤새 불깡통을 빙빙 돌리면서 어깨를 으쓱거렸다.

물론 깡통을 찾지 못한 날도 많았다. 그런 날에는 집에서 나가지 않고 이불 속에서 심통부렸던 기억이 있다.

초등학교 시절엔 노는 것이 취미였다

봄방학 때는 동네 뒷산의 누구네 묘인지 모르는 무덤의 경사진 잔디 언덕이 우리들의 놀이터였다. 비료 포대나 비닐을 구해 와서 누가 먼저랄 것 없이 신나게 미끄럼을 탔다. 경사가 상당했는데 어디서 그런 용기가 났는지, 지금 생각하면 아찔하다.

그러다 지치면 동네 여자아이들끼리 햇빛 잘 드는 산 중턱 양지녘에서 놀았다. 해가 너무 강한 날에는 소나무 줄기를 잘라 지붕을 만들고 그 속에서 소꿉놀이를 하기도 했다. 별것 안 해도 어찌나 재밌었는지 날 저무는 줄 모르고 소곤소곤 깔깔거리며 즐거워했다. 그때 그 동무들은 지금 어디서 무엇을 하고 있을까? 다들 잘살고 있겠지? 지금도 가끔 운동장에서 아이들의 웃음소리가 들려올 때면 내 어린 시절 동무들이 생각난다.

봄, 여름, 가을, 겨울 사계절 내내 자연을 벗 삼아 놀았던 나의 유년 시절은 자유롭고 행복했다. 1년 열두 달은 놀기만 하기에도 부족한 시간이었고 누구하고 무엇을 하고 놀아도 재미있는 시간이었다. 가끔 너무 늦게까지 놀다 집에 들어가 엄마에게 야단을 맞기도 했지

얼굴이 까매질 때까지 놀았던 초등학교 4학년 무렵의 모습

만, 그 야단마저도 지금은 아름답고 소중한 추억이다.

초등학교, 중학교, 고등학교를 모두 여기서 다녔으니 나의 청소년기는 이 마을과 함께 섬진강의 푸른 물속에 깊이 뿌리 내리고 있다.

기
억

속
의

그
림

          초등학교는 집에서 걸어 5분 거리였다. 먼 거리에 사는 아이들은 도시락을 싸서 가지고 다녔는데, 나처럼 집이 가까운 학생들은 집에 가서 점심을 먹고 올 수 있었다. 나는 거의 대부분 집에서 점심을 먹었다. 내가 직접 차려서 먹어야 했기 때문에 간단히 밥에 생채를 넣어 비벼 먹곤 했는데, 그래서인지 엄마는 생채가 떨어지는 날이 없도록 항상 만들어 두셨다.

    나는 학교에 가는 날이 아닐 때도 종종 학교에 놀러 갔다. 어느 겨울방학 이른 아침에 학교에 간 적이 있다. 밤새 내린 눈이 소복이 쌓인 하얀 운동장은 누구의 발길도 닿지 않아 온통 하얗고 고요하니 아름다웠다.

나는 운동장 가운데로 조심조심 걸어가면서 발자국을 남겼다. 그런데 눈 위의 발자국은 전혀 이쁘지 않았다. 눈 위에 찍 그어진 발뒤꿈치의 흔적이 남겨졌기 때문이었다. 나는 발걸음에 신경을 쓰며 조금 더 걸어갔다. 그리고 운동장 가운데에서 걸음을 멈추고 주변을 둘러본 뒤 아무도 없는 것을 확인하고 두 손을 머리 위로 올려 만세를 하며 뒤로 벌러덩 누웠다. 누워서 한참 동안 하늘을 올려다보았다. 그 순간 느꼈던 그 기분은 정말이지 잊을 수가 없다.

마음속에 '사진 찍다'

당시 우리는 이 놀이를 '사진 찍기'라고 불렀다. 눈 위에 나를 그대로 '찍는' 것이다.

눕는 것보다 일어나는 것이 걱정이었다. 분명 손으로 짚은 자국이나 엉덩이로 끌고 일어나는 모양이 나올 것이기 때문이었다. 나는 최대한 사진처럼 보이도록 조심해서 일어났다.

지금처럼 휴대전화기로 사진을 찍을 수 있었다면 참 좋았을 터인데, 아쉽다. 아무도 모르게 드넓은 하얀 운동장에 '사진 찍기'를 성공을 했으니 말이다. 난 눈으로 그 순간을 내 마음속에 담았다. 지금도 그때를 생각하면 기분이 참 좋다. 내 기억 속의 영원한 그림이다.

공부에 눈뜨다

방학이 끝날 때쯤 되면 발등에 불이 떨어졌다. 일기도 쓰지 않았고, 곤충채집도 하지 않았고, 식물채집도 하지 않았기 때문이다. 나에게는 방학 숙제보다 노는 것이 우선이었다.

그래도 통지표에는 '성실한 아이'로 쓰여 있었다. 이제 와 생각하니 선생님도 정말 나에 대해 쓰실 말씀이 없으셨던 듯하다. 그저 '성실하다'라는 말로 표현해 주신 것을 보니 말이다.

초등학생 때까지는 공부에 흥미가 없었다. 아마 5학년 때쯤이었던 것 같다. 수업을 마치고 운동장을 가로질러 하교하는 길에 친구 남숙이가 음표에 관해 이야기를 했다. 난 음표가 무엇인지 몰랐다.

"음표가 뭐야?"

"4분음표 길이가 어떻게 된다고?"

친구가 하는 말을 하나도 이해하지 못했다. '이것을 물어봐야 하나?' 고민이 되었다. 그러나 난 자존심에 묻지 않았고 결국 졸업할 때까지 음표에 대해 알지 못했다.

난 그때까지 '공부란 수업 시간에 선생님이 가르쳐주는 것을 잊지 않고 잘 기억하는 것'이라고 생각했다. 그 외에는 전혀 관심이 없었고 그저 숙제만 착실히 하면 된다고 생각했다.

여담이지만, 음표는 중학교에 가서 처음 배웠다. 음악 시간에 음악의 기본에 대해 배우며 '남숙이가 그때 얘기했던 게 이거구나' 했다.

형제자매가 있다는 것은 참 좋은 일이다. 공부하면서 도움을 주고받을 수 있으니 말이다. 지금 생각해보면 남숙이도 당시 중학교에 다니던 언니에게서 음표에 대해 들었던 것 같다.

우수상을 받다
····················

내가 공부를 '해야 하는 것'이라고 알게 된 것은 6학년 2학기 무렵이었다. 담임선생님께서 어느 날 윤종이란 남학생과 나를 부르시더니 말씀하셨다.

"이번 졸업시험에서 점수가 높은 사람이 졸업식 날 우수상을 받을 거니 공부 열심히 해봐."

공부를 어떻게 해야 하는지 방법을 몰랐던 나는 그저 교과서만 읽었다. 그런데 뜻밖에도 시험 결과가 좋아서 내가 졸업식 날 우수상을 받게 되었다. 기분이 정말 날아갈 것 같았다. 그동안에는 공부에 관심이 전혀 없었는데 이를 계기로 '나도 할 수 있다'라는 자신감이 생겼다. 어찌 보면 이때의 경험이 지금 내가 이 자리에 있게 된 시작이기도 하다.

느려도 괜찮아

내 경험으로 보건대 공부란 장기전이고, 얼마나 책상에 오래 앉아 있었느냐로 결과가 좌우된다고 해도 과언이 아니다. 공부는 머리로 하는 것이 아니라 엉덩이로 하는 것이라는 말도 있지 않은가.

그래서 나는 항상 아이들에게 무조건 공부하라고 말하기보다는 아이가 공부할 수 있는 계기를 만들어주는 것이 좋다고 학부모님에게 말한다. 말을 물가로 끌고 갈 수는 있어도 억지로 물을 먹게 할 수는 없듯, 아이를 억지로 책상 앞에 앉혀 놓는다고 공부하는 것이 아니기 때문이다. 아이가 공부에 흥미를 느끼거나 공부의 필요성을 깨닫는 계기가 있어야 스스로 공부할 의지가 생긴다.

특히 성과를 내기 위한 작은 경험을 학생들 스스로가 만들어 나갈 수 있게 기회를 많이 주는 것이 중요하다. 꼭 공부가 아니더라도, 어떤 일을 하든지 그 안에 배움이 있고, 배움만 있다면 어떤 경험도 좋은 결과로 이어진다는 것을 모든 학생이 알았으면 하는 바람이다.

내 초등학교 시절은 자연을 벗으로 삼아 뛰놀았던 기억으로 가득하다. 도전하는 것을 두려워하지 않고 한계에 얽매이지 않는 자유로운 영혼이었다. 그러다 공부에 눈을 뜨게 되고 누구보다 열심히 공부에 매진했다. 이 모든 경험이 나의 미래에 자양분이 되었음을 믿어 의심치 않는다.

나의 뿌리
나의 하늘

가
난
이
라
는
것

산골에서 살았던 우리 가족은 변변한 농
토도 없었다. 재산이라고는 단출한 집 한 채와 엄마의 살겠다는 의
지가 전부였다.

엄마 혼자 경제활동을 해서 생활해야 했던 나의 어린 시절은 참
으로 어려웠던 것 같다. 내가 왜 '같다'라고 표현했냐면, 솔직히 대학
생활을 하기 전까지 내가 가난하다는 것을, 우리 집에 돈이 없다는
것을 잘 몰랐기 때문이다.

중학교 3학년 때 친구들은 전주로 입학시험을 치러 갔다. 엄마는
전주로 학교를 도저히 보내 줄 수 없다고 전주에 있는 학교에 가는
시험은 물론이고, 그 당시 시골 아이들에게 유행이던 상업계 고등

학교 시험도 치지 말라고 하셨다. 그 정도의 형편도 되지 않았던 것이다.

가난은 기회조차 주지 않았다

고입 시험 날 아침, 창 너머로 시험 보러 가는 친구들을 바라보는데 맘이 참 아렸다. 능력을 떠나 시험을 치러 볼 기회조차도 갖지 못했기에, 나의 힘으로 아무것도 할 수 없다는 생각에 속이 상했다.

다행히 운이 좋았던 나는 비록 시골 고등학교이지만 3년 장학생으로 뽑혔다. 덕분에 학비 걱정 없이 학교를 다닐 수 있었다. 반장과 학교 임원을 하면서 교복에 대한 부담도 덜었다.

엄마에게 받는 용돈은 대부분 참고서 사는 데 썼다. 내가 사용하는 돈은 그저 참고서 사고 남은 잔돈으로 친구들과 핫도그 먹는 정도가 다였다. 다른 곳에 돈을 쓰지 않았으니 엄마에게 돈을 달라고 말할 필요가 없었다. 원하던 고등학교에는 가지 못했지만 참고서도 살 수 있고 간식도 사먹을 수 있었던 나름 행복한 시절이었다.

고등학교 3학년 때 엄마는 다시 말씀하셨다. 대학교는 엄마 힘으로 도저히 보내줄 수 없다고. 중학교 시절 창문 너머로 아이들이 멀어져가는 모습을 아프게 쳐다보았던 기억이 떠올라서 나는 "시험만 볼게요"라고 했다. 시험을 치를 기회조차도 갖지 못한다면 정말 못

난이라고 자책하며 평생 후회할 것 같았기 때문이다. 엄마는 하는 수 없이 그러라고 하셨다.

엄마 몰래 쓴 원서

겨울방학을 그럭저럭 보내면서 졸업을 기다리고 있는데 학교에서 연락을 받게 되었다. '전주교대'에 갈 수 있으니 원서 쓰러 오라고….

시골 촌뜨기라 교대가 뭐 하는 곳인지도 몰랐다. 입시담당 선생님이 "교대는 돈이 많이 들어가지 않으니 원서를 써보는 게 어때?"라고 하셨다. 그 말에 혹하여 엄마에게 묻지도 않고 전주에 사는 사촌오빠에게 교대 원서를 사다 달라고 부탁을 했다. 그 오빠는 눈이 펑펑 내리는 날 버스를 타고 전주대까지 가서 원서를 사다 주었다.

원서를 써두고는 엄마의 눈총을 피하고자 큰언니가 살고 있는 부산으로 도망치듯 내려갔다. 그러던 어느 날 꿈을 꿨는데, 대학교 합격 통지서가 보였다. 다음날 바로 집으로 돌아왔다. 그리고 학교에서 연락이 왔다. 합격했다고. 기쁨도 잠시, 엄마에게 이 사실을 어떻게 말하느냐가 문제였다.

그 당시 교대는 등록금이 저렴했고, 학기 중간에 장학금이라는 명목으로 현금도 주었다. 나는 엄마에게 전주교대에 합격한 사실을 알리면서 교대의 장점을 적극적으로 어필했다. 대학만 졸업하면 바로 돈을 벌 수 있다는 설득에 넘어가셨는지, 결국 엄마는 대학 입학을 허락하셨고 입학금을 장만하느라 분주해지셨다.

난 처음으로 고향을 떠나 전주에 있는 학교에 다니게 되어 참으로 설레고 기뻤다.

가난한 대학생을 위로한 것은 책이었다

　　　　　　　전주교육대학에 입학하고 처음에는 통학
을 했다. 엄마는 하루에 1,000원을 주셨는데, 매일 1,000원이라는
돈은 엄마에게는 큰 부담이 되는 금액이었으나 새내기 대학생에게
는 턱없이 부족한 금액이었다. 그 당시 차비가 하루 790원이었고 남
은 돈으로는 카스텔라 빵도, 우유도 사 먹을 수 없었다.

　대학교 입학한 지 얼마 되지 않아 친구들과 점심으로 슈퍼에서
빵과 우유를 사 먹었는데 집에 가야 할 차비가 부족해 마음을 졸인
경험을 한 후로, 여러 가지 핑계를 대며 친구들과 점심을 먹으러 가
지 않았다.

　난 그때야 알았다. 혹여 옷이라도 한 벌 사고 커피라도 한 잔 마

시려면 공부가 아닌 무슨 일이라도 해야 한다는 것을 말이다. 돈이 없으면 하루 삼시 세끼를 걱정해야 하고 가난하면 평범한 삶조차 사치가 된다. 그 혹독한 현실을 그제야 깨달았다.

외로웠던 대학 생활

학기 중에는 게임장에서 돈 바꿔주는 아르바이트, 햄버거집 아르바이트를 하고, 방학 동안에는 공장 아르바이트도 했지만, 경제적인 상황은 쉽게 나아지지 않았다. 수중에 여윳돈이 한 푼도 없어서 하고 싶은 일을 할 수 없고 소소한 것마저도 꿈꿀 수 없다는 사실이 자꾸만 나를 작아지게 했다.

떨어진 자존감으로 인해 대학 생활은 우울함의 연속이었다. 게다가 같은 고등학교 동기나 선후배가 과 친구들을 챙겨주는 모습을 볼 때 더욱 외롭고 쓸쓸했다. 내가 나온 고등학교에서는 4년제 대학에 진학한 사람이 몇 명 되지 않았고, 그중에서 전주로 대학을 다니는 친구는 더더욱 손에 꼽을 정도였기 때문에 선후배의 따스한 정을 기대한다는 것은 사치였다.

그 정도로 참 지독히도 가난한 동네 출신 대학생이었다. 어쩌다 정말 운이 좋게 전주에 있는 4년제 대학교로 유학을 왔지만, 아는 친구도 없고, 친구들을 만나러 다닐 만큼 시간적 여유도 없었다. 도시란 곳이 어떤 곳이고, 어떻게 생활하며, 사람들이 어떻게 살아가고 있는가를 TV에서만 봐왔던 시골 촌뜨기였다. 그래서 대학 초년생 때 내가 느낀 전주라는 동네는 부럽기도 했지만, 무섭기도 한 곳이었다.

도서관에서 꿈을 키웠다

나에게 대학은 그저 취업을 위한 하나의 과정일 뿐이었다. 즐거움이 없었다. 그래도 고등학교 때는 연대 일이나 학생회 활동을 했기 때문에 학교는 즐거운 곳, 활기찬 곳이었는데, 대학교는 경제적인 부담감으로 맘을 열 수 없는 곳이었다.

그래도 대학 생활이 나에게 줬던 유일한 위로는 도서관의 책을 빌려 읽을 수 있다는 것이었다. 수업 시간 외에는 학교에 남지 않고 바로 도서관으로 가서 책을 빌려 집으로 갔다.

고등학생 때 독서의 중요성에 대해 귀에 못이 박히도록 들었음에도 책과 별로 친하지 않았던 내가 대학교에 다니면서 독서광이 되었다. 도서관은 나에게 유일하게 돈이 들지 않으면서 꿈을 꿀 수 있는 공간이었기 때문이다.

도서관에서는 공짜로 세계 여행도 다닐 수 있고, 만나기 어려운 세계 석학들도 쉽게 만날 수도 있고, 배우고 싶은 것도 마음껏 공부할 수 있었다.

가난 덕분에 책 속에 빠져 살았는데 오히려 그 시간이 지금의 내 삶을 만들어가는 원동력이 된 것이다.

카네기를 만나다

외롭고 심심하게 대학 생활을 하다 보니 자연스레 미래에 대해 고민하게 되었다. '무엇을 어떻게 해야 나만의 경쟁력을 만들 수 있을까?' 고민하다가 그 당시 책 읽기가 취미였던 나는 호기롭게 '도서관의 책을 모두 읽어보고 말 테야!'라는 목표를 세웠다.

제일 많이 읽은 책은 수필이었다. 소설도 많이 읽었다. 펄 벅, 셰익스피어 등 작가들의 작품을 읽으며 새롭고 다양한 상상을 할 수 있었지만, 그래도 나에게는 수필만 한 것이 없었다.

대학생이 되는 순간까지 임실 산골짜기 한 번 벗어나지 못한 선머슴 같던 계집애가 자기계발론을 읽으면서 나를 만들기 위한 공부,

나를 발전시키는 인간관계 등에 관심을 갖게 되었다.

힘들었던 대학 시절의 나를 가장 많이 지탱해 준 데일 카네기(Dale Carnegie)도 이때 만났다. 데일 카네기의 책들은 내가 그동안 생각해 왔던 삶과 잘 맞았다. 카네기는 불필요한 걱정은 마음을 상하게 하고 삶의 소중한 시간을 소모하게 하며 또 다른 고민을 만든다고 했다. 난 깊이 고민하지 않고 걱정에 시간을 소모하지 않으니 카네기에게 빠질 수밖에 없었다.

그의 책을 통해 나의 철학들을 세워나갔다.

◇ 나는 세상의 중심이다.

◇ 오늘의 생각이 나를 만든다.

◇ 나를 사랑하자.

◇ 주어진 시간을 즐기자.

◇ 피할 수 없으면 받아들여라.

◇ 90% 어려움에 힘들어하기보다 10%가 어렵지 않음에 감사하자.

◇ 감사를 모르는 사람으로부터 상처받지 말자.

◇ 일을 즐기자.

카네기는 내가 힘든 시기를 보낼 때마다 좋은 멘토가 되어 주었고 내가 앞으로 어떤 마음가짐으로 살아가야 하는지 방향을 제시해 주었다. 나는 지금까지도 이때 만들어둔 원칙을 고수하며 살고 있다.

내가 좋아하는 말이 하나 더 있다. 독일의 신학자 멜데니우스(Rupertus Meldenius)가 선언한 말인데, 내 인생의 좌표로 삼고 싶은 말이다.

"본질적인 것에는 일치를, 비본질적인 것에는 자유를, 이 모든 것들 위에는 사랑을."

엄
마
는

강
하
다

엄마는 강한 사람이었다. 몸이 부서지도록 새벽부터 밤늦도록 일을 하셨지만 한 번도 내 앞에서 우는 모습을 보이지 않으셨다. 생활고를 이겨내기 위해 새벽부터 콩나물을 한 동이씩 머리에 이고 장에 나가 파셨고, 오일장이 열리는 날엔 장터에서 국수와 밀가루 빵을 만들어 파셨다.

엄마는 한평생 '강해 보이게' 사셨다. 한번은 이런 일도 있었다. 옆집에서 하숙하는 고등학생들이 있었는데, 창문을 열면 바로 우리 집 텃밭이었다. 그 학생들이 창문을 열고 우리 텃밭에 가래침을 뱉다가 현장을 딱 걸렸다. 남학생들은 그날 엄마에게 된통 혼이 났다. 엄마는 옆에서 보던 내가 얼굴이 빨개질 만큼 욕을 하시고 소리를 지르셨다.

　엄마는 나에게 강해 보이지 않으면 여자 혼자 산다고 무시당하
니 절대 약하게 보이면 안 된다고 주문처럼 말씀하셨다. 그때는 그
렇게 험악한 엄마가 이해되지 않았다. 왜 저렇게 '여자가 혼자 사니
까 무시한다'라는 강박감을 가지고 살까 화도 나고 속상했다. 어쩔
땐 엄마가 밉기도 했다. 그러나 이제는 안다. 그 산골에서 혼자서 자
식들 키우며 험한 세월을 살아내려면 빈틈을 보여서는 안 된다는 것
을 엄마는 뼈저리게 아셨던 것이었다.

부지런한 울 엄마

　엄마는 내가 아는 사람 중에서 가장 부지런한 사람이었다. 여름
이 지나면서 감자가 썩을라치면 썩은 감자를 골라 물에 담가 감자
전분을 만들어 그것으로 감자떡을 만들어주셨다. 또 가을 무를 텃
밭 깊이 구덩이를 만들어 묻어두었다가 겨울 깊은 밤에 무를 꺼내
숟가락으로 긁어주셨다. 그럼 달고 맑은 무 물이 나오는데 갈아놓
은 무와 같이 먹으면 깊은 겨울밤이 시원하고 개운해졌다. 가을이
면 아침저녁으로 밤나무 밑을 들르셨다. 사람들이 주인 몰래 떨어
진 밤을 주워 간다고 하시면서 새벽이슬 맞으며 밤을 주워다 보관
하곤 하셨다.

가끔 내가 게으름을 피우면 "죽으면 썩어 문드러질 몸뚱이 왜 그렇게 아끼냐!"라며 한심해하셨다. 그런 말을 들으면 화가 났지만 나는 대꾸조차 하지 못했다. 맞는 말이기 때문이었다.

겨울이 되면 엄마 살결이 조금 고와졌다. 그리고 얼굴에 약간 살이 올라 포동포동하니 예뻐지기도 했다. 농사일에 부대끼지 않기 때문이었다.

철부지 딸로 키우기 위한 엄마의 노력

무더운 여름 어느 날, 결혼하고 오랜만에 엄마 집에 갔는데 엄마가 안 계셨다. 한참 뒤에 들어오신 엄마는 다슬기가 가득 담긴 바구니를 들고 계셨다. 힘이 드니 물에 가시지 말라고 하면, "더운데 뭐하러 집에 있어. 물에 가면 시원하고, 먹을 것도 생기고 좋지"라고 하시며 빠르게 다슬기를 삶아주셨다.

밭에 풀이 있으면 큰일 나는 줄 알고, 가을걷이가 늦어지면 곡식 알갱이가 빠진다고 걱정하시고, 봄에 젓갈을 담그지 않으면 가을이 걱정된다고 하시고, 입성은 매일매일 손빨래 해 햇볕에 가지런하게 말리셨다. 입이 심심 할라치면 김치전이라도 부쳐서 함께 나누어 먹이시던, 그렇게 한시도 자신의 몸을 아끼지 않으셨던 부지런쟁이 울 엄마 박장례 여사.

홀로 1남 4녀를 키워낸 어머니.
자식들 뒷바라지하는 데 청춘을 다 바쳤다.

고등학교 때까지 우리 집이 가난한 줄 몰랐던 것은 전부 엄마 덕분이다. 엄마는 장사가 마무리되는 시간이면 시장을 한 바퀴 도셨다. 비록 물건의 상태가 좋지는 않지만 남은 과일, 남은 생선 등을 두 손 가득 들고 오셨다. 집에는 항상 과일이 있었고, 고기 반찬과 생선 반찬이 떨어지지 않았다. 엄마 덕분에 먹을 것이 귀하지 않았던 탓에 나는 내가 가난한 줄 몰랐다. 얼마나 내가 세상 물정을 모르는 철부지였는지!

한없는 엄마의 사랑

엄마는 다정다감하거나 사근사근하지는 않으셨다. 나는 잠자리에서 엄마와 도란도란 이야기해본 기억이 없다. 그만큼 엄마는 삶의 잔재미를 모르고 사셨다. 그때는 그런 엄마에게 조금 서운한 마음도 있었다. 시골 깡촌에서 남편 없이 자식을 키운다는 것이 얼마나 어려운 일인지 그때의 나는 알지 못했다.

아버지가 돌아가실 때 엄마 나이는 아직 40대였다. 내가 시집가서 아이를 낳아 키울 때야 엄마가 말씀하셨다. 동네에서 시집가라고 여기저기 선 자리가 들어왔는데, 곤히 잠든 나와 언니를 바라보니 이 어린 것들을 두고 도저히 새로운 삶을 찾아 나설 수가 없었다고 말이다.

엄마는 40년이 넘는 모진 세월을 자식들, 특히 늦둥이인 나를 뒷바라지하며 사신 것이었다. 딸이 가난을 느끼지 못하도록, 가난한 엄마는 억척스러운 과부가 되어 자식 삼시 세끼 굶기지 않기 위해 치열하게 매일매일을 성실하게 일하셨다.

지금은 그 모든 것에 엄마의 사랑이 담겨있었음을 너무나 잘 알고 있다.

늦복 있는 박장례 여사

내가 엄마의 아픔을 알아차리기까지는 많은 시간이 걸렸다. 내가 결혼을 하고 아이를 낳고 내 집을 마련하면서, 사람 노릇을 하고 산다는 것이 얼마나 어려운 것인지 알게 되면서, 비로소 엄마를 이해하게 되었다. 젊은 나이에 혼자가 되고, 없는 살림을 혼자서 꾸려야 한다는 것이 엄마에게 얼마나 큰 짐이었는지를….

그래서인지 엄마에 대한 나의 감정은 '무조건'이었다. 내가 엄마를 끝까지 책임지고, 내가 우리 가족을 책임져야 한다는 생각이 나도 모르게 어느샌가 박혀있었다.

엄마 용돈도 내가 챙기고, 엄마 칠순 준비도 내가 시작하고, 여행도 보내드렸다. 엄마가 병원 계실 때도 뒤처리는 물론, 돌아가시고 나서 장례 치르고 안장하는 것까지 모두 내 몫이었다.

엄마는 말년 복이 좋다고 가끔 말씀하셨다. 경제적으로 고되고 힘들었지만, 내가 대학교를 졸업하고 직장을 잡으면서 엄마는 시장 일을 그만두고 짬짬이 모아둔 돈으로 땅을 장만하셨다. "이제 죽어도 여한이 없다"라는 말씀까지 하셨다. 이때쯤은 나도 엄마를 보면서 맘이 편해졌던 것 같다.

엄마는 음식도 잘 만드셨지만, 드시는 것도 좋아하셨다. 냉장고에 고기가 떨어진 적이 없었고, 과일도 늘 채워져 있었다. 무릎이 좋지 않아 걷기 힘들어지니 엄마는 닭발을 사 오셔서 묵처럼 흐물흐물해질 때까지 끓이셨다. 닭발이 연골에 좋다고 들으셨나 보다. 이것을 식혀서 꼭 묵처럼 썰어두셨다가 간장양념을 해서 드셨다. 엄마의 말년은 풍요롭거나 풍성하지는 않지만 부족함 없이 평안하게 지나갔다. 고혈압으로 인해 뇌경색이 올 때까지는.

엄마를 보내다

전주에서 근무하던 어느 날, 그날은 동아리 모임으로 그림을 그리는 날이었다. 갑자기 언니에게서 전화가 왔다. 엄마가 이상하다고. 지체 없이 바로 내려갔다. 지금 생각하면 바로 119를 불러 병원으로 모시는 것이 더 안전하고 빠를 수도 있었는데, 굳이 내가 한 시간여의 거리를 운전하고 가서 엄마를 모시고 병원으로 갔다. 이미 엄마는 몸 한쪽이 불편해지고 있었다.

병원 응급실에 도착해서 엄마를 부축하는데 발에 힘을 주지 못하고 바로 '푹!' 하고 쓰러지셨다. 병원 관계자들이 서둘러 모시고 들어가 진찰을 하기 시작했다. 언제부터 엄마가 저런 증상이 있었는지, 어디 다친 곳은 없었는지 묻는 의사 선생님의 물음에 나는 아무것도 대답할 수가 없었다.

교회도 다니시고, 노인정도 다니시고, 보건소도 다니시고⋯. 엄마는 90이 다 된 연세에도 당신 스스로 건강을 챙기셨고 난 그저 잘 사시고 계실 거라 여겼기 때문이었다. 항상 엄마가 건강하실 거로 생각했던 나는 어찌할 줄 모르고 그저 엄마 곁을 졸졸 따라다녔다. 그렇게 거의 2년을 엄마는 병마와 싸우셨다. 그래도 항상 웃으시고 편안해하셨다. '여자 혼자 살면 남들이 얕봐!' 투쟁하듯 살아왔던 모습이 평안한 모습의 노인으로 바뀌셨다.

그렇게 엄마는 내가 자식 도리를 다 할 수 있도록 시간을 주셨다. 여름이면 매일 가서 샤워도 시켜드리고, 매일 병원에 들러 안부 여쭙고, 주변 환자들과 같이 드시라고 먹을 것도 사다 드리고. 모시고 살지 못한다는 것이 마음속에 한으로 남았지만, 현실적으로 어려웠노라고 나 스스로에게 양심도 없이 양해를 구하며 살았다. 그러던 2016년 1월 어느 날, 병이 갑자기 찾아왔듯 가시는 것도 아무도 모르게 새벽 시간에 조용히 떠나셨다.

엄마의 잠자는 얼굴이 너무 평안하고 고와서 그것도 엄마에게 참, 고마웠다.

'박장례 엄마, 고맙습니다. 막내딸 잘살고 있어요. 그러니까 걱정하지 마시고 이제는 편히 쉬세요.

사랑합니다. 엄마!'

나의 철학 세우기
엄마의 철학으로

엄마가 내게 꼭 하시는 말씀이 있었다.

"모난 돌이 정 맞는다."

"뱁새가 황새 따라가려다 가랑이 찢어진다."

어렸을 때는 이해하지 못했다. 엄마가 왜 저런 말씀을 하셨는지를. 하지만 어른이 되면서 알게 되었다.

'모난 돌이 정 맞는다.'

젊은 시절 과부 엄마의 고단한 삶은 모난 돌로 보여선 안 되는 시간들이었을 것이다.

나는 엄마의 말을 반만 들었다. 나는 가끔 모난 돌이다. 합리적이지 않거나 부당한 상황에 직면하게 되면 나는 그냥 가만히 있지 못한다. 그 부분에 대해 분명한 설명을 듣거나 바로 잡아야 한다. 옳지 않은 것은 옳지 않다고 말하고 대화와 타협으로 상황을 풀어야 한다고 생각한다.

내가 생각해도 나는 엄마의 성격과 성향을 많이 닮았다. 엄마의 모난 돌 철학은 '척'하지 말라는 뜻일 거다. 있는 척, 잘하는 척, 이해하는 척.

가끔 내가 욕심을 좀 부릴라치면 엄마는 "뱁새가 황새 따라가려다 가랑이 찢어진다"라고 하셨다. 어렸을 때는 엄마가 생활이 너무나 버거워서 그러신 거라 여기며 별로 귀담아듣지 않았다. 하지만 지금은 조금 알 것 같다. 뱁새가 황새인 척, 잘난 척, 있는 척하면 가랑이가 찢어질 수 있다는 사실을. 엄마는 평생 척하는 것과는 거기가 먼 삶을 사셨다.

뱁새의 비상

하지만 생각의 방향을 바꿔 다시 바라보면 새로운 해석도 가능하다. 뱁새같이 옹졸하거나 소심한 마음을 황새의 마음처럼 크고 담대하게 펼치고자 하는 것이라면? 그 생각이 삶의 동력이 되고 한 단계 도약하는 목표가 될 수 있지 않을까?

욕구는 동기 유발이 되고 동기는 새로운 도전의 시작이 된다. 뱁새의 황새가 되고자 하는 욕구가 동기 유발이 되어 뱁새도 가랑이가 찢어지지 않고 황새처럼 날 수 있을 것이다. 어쩌면 황새를 따라 한 뱁새는 다른 뱁새보다 더 멀리 더 높이 날아오를 수 있게 될지도 모른다.

뱁새는 황새인 척하고 싶은 것이 아니다. 황새로부터 넓고 높은 하늘을 나는 것을 배워 더 멀리 더 높이 비상하고자 하는 것이다.

2부

교육자의 길을 걷다

초등학교
교사

나의 첫 수업과 옥수수 하모니카

교대를 졸업하고 석곡초등학교에 발령받았다. 나의 첫 수업은 3학년 음악 '옥수수 하모니카' 노래를 가르치는 것이었다.

그때가 1988년이었으니, 지금처럼 MR이 있는 것도 아니고, 내가 목청이 좋아 목소리로만 할 수 있는 것도 아니니 어쨌든 오르간을 연주해야 했다. 그날 어찌어찌 끝냈는데 옆 반의 선배 선생님이 "음이 어딘가 어색하던데? 4분의 4박자가 너무 느려"라고 말씀을 하셨다.

음악에 대한 조예가 있던 것도 아니고 오르간 연주 실력이 좋은 것도 아니어서 더듬더듬 건반을 누르다 보니 늘어진 4분의 4박자가 되었나 보다. 그 반주에 맞춰 노래를 불렀으니 얼마나 이상했을까. 순간 머리가 '띵!'해지면서 혹여 우리 반 아이들이 '옥수수 하모니카' 노래를 틀리게 부르지 않았을까 하고 걱정이 되었다. 다시 책을 보며 건반을 눌러보았다. 그리고 선생님에게 틀리지 않았냐고 여쭤보았다. 조금 느려서 그렇지 음이 틀린 것은 아니라고 하셨다.

나의 첫 음악 시간은 오르간 반주 때문에 등에서 땀이 바짝바짝 날 만큼 힘든 시간이었다. 그렇게 새내기 교사의 첫 음악 수업이 지나갔다.

초보 교사의 열정

나의 두 번째 음악 수업은 동료 장학이었다. 2학년 음악 시간이었고 주제는 무엇인지 기억이 나지 않지만, 뒤쪽에 선생님들이 쭉 앉아서 수업을 관찰했다. 수업은 아무 문제 없이 계획대로 진행되었다. 하지만 왜 그랬는지 정리해야 할 시간에 정리하지 못하고 계속 수업을 진행했다. '선생님들 얼굴을 보니 내가 수업을 잘한 것 같군. 좀 더 이어서 해도 되겠어'라는 생각을 했던 듯하다.

끝내야 할 때 끝낼 줄 모르고 열정을 다하는 초짜 새내기 교사에게 결국 교무 선생님이 '인제 그만 마무리하라'는 사인을 주었고, 그제야 급히 수업을 정리했다. 떡 잘 쪄서 엎은 것 같은 식은땀 나는 추억이다.

요즘 가끔 새로 오신 선생님들을 보면 수업을 참 잘하는 듯하다. 수업을 참관해보면 여유 있게 수업을 진행하고 깔끔하게 마무리하는 모습을 볼 수 있다. '젊은 선생님이 수업도 잘하네' 하며 미소를 짓게 된다. 나의 첫 장학수업이 머리에서 떠나지 않아서 더욱 그렇다. 하하.

나의 수업은 그렇게 실수투성이로 시작했다.

발령 첫해의 모습

실수투성이었지만 즐거웠던 초보 교사 시절

나
도
할
수
있
다

나의 두 번째 임지는 전북 임실에 있는 봉천초등학교로, 학생이 40여 명인 작은 학교였다.

어느 해인가 새로 부임해 오는 교장 선생님이 도교육청 인사과 장학사를 하다 오는 분이라며 학교가 술렁거렸다. 그 모습을 보며 나는 '도교육청 인사과 장학사가 그렇게 중요한 것인가?'라는 생각을 했었다.

좀 더 교직 경력이 쌓이고 다양한 사람들을 만나면서, 도교육청에서 일하려면 일도 잘해야 하고 사람들과의 관계 맺음도 중요하다는 것을 알게 되었다.

새로 부임한 교장 선생님과 같이 근무하면서 '사람은 태어나서 서울로 보내고, 망아지는 낳아서 제주로 보내라'라는 속담의 의미를 알게 되었다. 교사도 다양한 경험을 통해 성장해야 한다는 것을 말이다.

나는 여러 학교를 옮겨 다니며 교장 선생님을 비롯한 여러 선생님들과 같이 근무하게 되면서 교육에 대한 안목이 점점 넓어졌고 교사로서 마음 씀씀이도 여유가 생겼다.

전북 예능경연대회로 살아난 자존감

새로 오신 교장 선생님의 권유로 몇 명 되지 않는 봉천초 아이들과 리코더 합주로 '전라북도 예능경연대회'에 출전했었다. 첫 대회 출전이었는데 생각지도 않은 우수한 성적을 거두었다.

결과도 좋았지만, 무엇보다 음악에 자신감이 부족했던 내가 리코더 합주 지도를 해서 대회에 나가는 시도를 했다는 것이 스스로 기특했다. 아이들도 즐거워하고 좋은 성과도 거두어서 '나도 뭔가를 할 수 있구나!'라는 자신감이 생겼다.

이 일을 계기로 어떤 일이든 즐겁게 하기 시작했다. 이때가 교직에 대한 자부심과 자긍심이 수직 상승하고 사명감도 생겨났던 시기가 아니었나 싶다.

아이들이 리코더 합주를 하고 있는 모습

변화를 고민하다

봉천초등학교에 근무할 때 일이다. 근무 경력이 7년쯤 되었을 때 권태기가 오기 시작했다. 매너리즘에 빠지기 시작했고 학교생활이 영 재미가 없었다. 리코더 대회도 단소 대회도 아무것도 매력적이지 않았다. 그렇게 열심히 열정적으로 아이들과 함께했던 그 모든 것이 너무 재미가 없어졌다.

'학교를 그만둬야 하나? 학교를 그만두면 무엇을 해야 할까?' 여러 가지 고민을 했다. 결국 학교를 그만둘 결심을 하고 남편에게 고민을 털어놓았다.

"나 뭔가 다른 일을 해보고 싶어."

그러면서 남편에게 그 당시 한창 유행이었던 어린이 실내 놀이터를 해보자고 제안했다. 남편은 모험을 싫어하는 성격이라 탐탁지 않아 했지만 남편을 설득하고 설득해서 전국에 있는 어린이 실내 놀이터를 찾아다녔다.

어린이 실내 놀이터는 200평 이상의 면적을 가진 실내가 필요하고 천장도 3~4m가 높아야 했다. 일반적인 건물로는 할 수가 없는 것이었다. 6개월여 동안 현장조사를 하고 난 결론이 '경제적으로 여유가 없어 안 된다'는 것이라니!

허무하고 실망스러운 마음을 속으로 삭이고 있을 때였다. 어떻게 아셨는지 교장 선생님께서 날 부르더니 "강 선생, 지금 강 선생은 3등석 기차에 타고 있어. 눈앞에 1등석도 있고 2등석도 있고 3등석도 있지. 1등석이 좋아 보이겠지만 3등석에서 1등석에 가는 건 너무 어려운 기야. 그러니 3등석의 제일 앞간으로 올라갈 수 있는 길을 고민해보면 어떨까?"라고 말씀을 하셨다. 지금 생각해보면 그 교장 선생님의 말씀이 썩 바람직했다고 생각하지 않는다. 개천에서 용 나지 말라는 법은 없지 않은가. 그래도 지푸라기라도 잡는 심정이었는지, 그 당시는 그 말이 참 위안이 되었다.

영어를 다시 공부하다

'그래, 그럼 뭔가 다른 거를 해보자'라는 마음으로 영어 공부를 시작했다. 그 당시는 영어 교육이 초등학교에 접목되기 시작하던 때였다. 주변에 있던 선생님이 한 달간 미국으로 영어 연수를 다녀왔다는 소리를 들었다. '아, 이거다!'라는 생각이 들었다. 그 즉시 서점으로 달려가 영어를 손에서 놓은 지 7년 만에 영어 교재를 샀다. 《맨투맨》 1권을 두세 번 보고, 그다음 2권, 3권, 4권, 5권까지 그렇게 1년여를 꾸준히 공부했다. 그리고 다음 해에 미국 연수를 가기 위해 영어시험을 보러 갔다. 내가 공부한 것은 리딩과 문법이었고, 시험에는 스피킹이나 리스닝이 나왔기 때문에 시험 보는 내내 두려운 마음이 컸다. '과연 내가 통과할까?', '아, 연수 꼭 가고 싶다'라는 떨리는 마음으로 확인한 미국 연수 명단에 감사하게도 내 이름이 있었다.

한 달짜리 미국 연수는 나에게는 새로운 도전이었다. 그 당시 우리 아들이 5살이었는데, 그것도 눈에 들어오지 않았다. 그저 내가 새로운 도전을 할 수 있고 새로운 변화를 가질 수 있다는 것에 대한 즐거움이 더 컸던 것 같다.

우물 안 개구리, 미국에 가다

미국에 가서 놀라웠던 점은 생각보다 한국 유학생들이 참 많았다는 것이었다. 우리는 미시간주립대학교에 갔었는데 그 당시가

1997년이다. 그때 내 봉급이 100만 원 정도가 되지 않았던 그런 시절인데 유학생이 많았던 것에 놀랐고, 그 유학생들이 정말 공부를 열심히 한다는 것에 놀랐다. 그래서 '아, 내가 정말로 우물 안 개구리처럼 살고 있구나!'라는 것을 새삼 깨달았다.

우리는 미시간주립대학교에 있는 기숙사에서 한 달간 머물면서 대학 기숙사에 있는 카페테리아를 자주 이용했다. 아침, 점심, 저녁을 거의 다 거기서 먹었던 것 같다.

3주 정도 아침에 오트밀을 먹었는데 마지막 한 주는 오트밀이 도저히 목으로 넘어가지 않았다. 한국 음식이 그리워지기 시작한 것이다. 그때부터 오트밀에 고추장을 넣어 비벼 먹었다. 김치 없는 식사 시간은 한국인에게 고역이었다.

그 연수 체험 이후 나는 여행을 할 때는 음식에 대한 거부감을 줄이기 위해서 호텔보다는 김치찌개라도 해먹을 수 있는 호스텔을 더 자주 이용한다.

테이만 부부와의 추억

영어 연수 과정에는 2박 3일의 홈스테이가 포함되어 있었다. 나는 다른 여선생님과 함께 테이만 노부부가 사는 곳으로 갔다. 그렇게 크지 않은 콘도미니엄이었다. 선뜻 안방을 내주신 두 부부의 모습에 크게 감동을 했다.

테이만 부부는 아침부터 밤늦도록 우리를 살뜰하게 보살펴주었다. 손수 미국식 요리도 해주고, 시장도 데려가 주고, 그 마을 축제도 구경시켜주었다.

축제는 화려하지 않지만 미국 문화를 충분히 느낄 수 있었다. 떠들썩한 미국인들 사이에 우리도 금세 녹아들어 함께 먹고 마시며 웃었다. 그날 유독 날이 더웠는데, 그곳에서 마셨던, 한국에서는 맛보지 못했던 레모네이드의 시원하고 달콤하고 새콤한 맛을 지금까지도 잊지 못한다. 그 자리에서 바로 레몬을 짜서 만들어준 레모네이드가 강렬한 기억으로 오랫동안 남아 있다.

노부부의 따뜻한 배려가 감사해 보답의 의미로 한국 요리를 대접하고 싶었다. 우리는 닭볶음탕을 만들기로 하고 마트에 가서 닭을 사 왔다. 솜씨는 별로지만 정성껏 닭볶음탕을 만들었는데, 이분들이 먹기엔 매운 음식이었다는 것을 생각하지 못했다. 충분히 먹을 수 있을 것이라 생각했는데, 한 입 먹자마자 얼굴이 빨개져 마실 것을 찾는 모습을 보니 너무나 죄송스러웠다. 그래도 그분들이 계속 '맛있다', '맛있다' 칭찬을 해주어서 미안하고 또 고마웠다. 이렇게 음식 하나만 가지고도 문화의 차이가 있다는 것을 몸소 느꼈던 시간이었던 것 같다.

홈스테이 시절 따뜻하게 맞아준 테이만 부부

미국 연수로 얻은 것들

미국 연수는 나에게 수업에 대한 새로운 시각을 열어주었다. 미국 선생님들은 단어 자료나 게임 자료들을 많이 준비해왔다. 자료를 이용해 수업하는 다양한 방식의 수업을 보면서 나도 더 열심히 공부해야겠다는 생각을 했다.

한국으로 돌아와서 연수 중 배웠던 수업과 자료들을 이용해 동료 선생님들에게 연수해주기도 하고, 영어과 수업으로 연구 대회에 출전해서 당당하게 상을 받기도 했다.

변화를 갈망했던 나의 첫 번째 도전의 시간은 미국 연수였다. 미국 연수를 통해 새로운 경험과 시각을 얻었고, 그 덕분에 교직을 떠나지 않고 오늘 이 순간까지도 머물러있는 것이다.

장학사

새
로
운
세
계
로
의
날
갯
짓

사람의 일은 우연히 일어나는 것이 아니
라는 생각이 많이 든다. 《우리들은 1학년》을 집필하던 당시에 전라
북도교육청에 가끔 출장을 다녔다. (《우리들은 1학년》은 유치원에서
초등학교에 올라온 아이들이 학교 생활에 잘 적응할 수 있도록 각 시도 교
육청에서 발행한 초등학교 입학 전용 교재이다.) 집필 계획 회의를 교육
과정실이라는 곳에서 했기 때문이다. 교육과정실은 도교육청의 한
쪽 구석에 자리한 곳으로 서류와 장학자료들이 쌓여 있고 제대로 정
리가 되지 않은 창고 같은 방이었다.

겨울방학 중 어느 날, 집필 계획에 관한 문의도 할 겸 교육과정실
을 들렀다. 아무도 없는 방엔 먼지가 가득하고 자료가 널브러져 있

었다. 청소와 정리가 시급해 보이는 모습에 나는 팔을 걷어붙이고 혼자서 몇 시간 동안 쓸고 닦았다. 잔뜩 쌓여 있던 자료들도 가지런히 정리했다. 걸레를 빨아도 빨아도 시커먼 얼룩이 지워지지 않아 꽤나 고생을 했다.

그 후 방학이 끝나가는 1월 어느 날 교육청에서 전화가 왔다.

"교육과정실에서 근무하지 않을래요?"

소리 없이 교육과정실 청소하는 모습을 보고 파견을 권유한 것이 아닌가 생각이 되었다.

당시 나는 모교인 갈담초등학교에 근무하고 있었다. 갈담초등학교는 교육부 인성교육 연구학교로, 교육부 연구학교는 가산점이 주어져 승진을 위해 서로 근무하고 싶어 하는 학교였다. 그렇기에 승진 부가 점수를 포기하고 도교육청으로 파견 근무를 간다는 것은 교사에게 상당한 모험이고 도전이었다. 교육청에 파견을 가면 연구학교에서 실제로 근무하는 것이 아니기 때문에 연구학교 점수를 받을 수 없기 때문이다.

교장 선생님께서도 "나중에 후회할 거야. 굳이 고생길을 찾아가지 않았으면 해"라고 말씀을 하셨지만, 난 굳이 고생길을 찾아 교육과정실 파견을 지원했다.

그때가 교직 생활 11년 되던 해였던 것 같다. 그동안 여기저기 기웃거리며 배웠던 교수학습 방법이나 업무 등이 교육의 전체라고 생각하며 살았는데, 도교육청에 가서 보니 내가 알고 있던 것은 새 발의 피였다는 것을 알게 되었다.

교육과정실 근무는 나에게 교육에 대한 새로운 세계였다. 교육과정실은 전라북도 교육의 방향을 설계하는 것을 보조하는 곳으로 관련 연구와 자료 제작을 하는 곳이다.

처음에 나에게 주어진 업무는 그 당시 온 나라에 불붙었던 '열린교육'에 대한 장학자료를 만드는 것이었다.

'세상에, 내가 뭘 알아서 열린교육 장학자료를 만들어?' 놀랍고 당황스러운 일이었다. 하지만 해야만 하는 일이었기에, 등에서 땀이 삐질삐질 나고 머리는 어질어질했지만, 자료도 찾아보고 여기저기 장학사님이나 전문가분들을 찾아가 여쭤보고 공부하며 겨우겨우 자료를 만들어 냈다.

그렇게 시작한 교육과정실 파견은 시도교육청 평가, 7차 교육과정 연수 및 자료 정비, 심지어 인사 일까지 지원을 하면서 업무역량과 교육과정에 관한 전문성을 키워나가는 발판이 되었다.

이곳에 있으면서 전문직(장학사)은 어떤 일을 하는지, 도교육청이 무슨 일을 하는지 알게 되었다. 이때 나는 '장학사를 해야지'라는 생각을 했고, '해외파견도 가봐야지' 하는 다짐도 했다.

또 학교에서 교육과정이 얼마나 중요한지와 교육과정을 만들어 운영하는 선생님들의 전문성 신장이 교육의 성패를 좌우하게 된다는 것을 깊이 느끼게 되었다.

《전라북도 생활》
피와 땀으로 탄생한

교육과정실에 근무하면서 가장 뜻깊었던 일은 4학년 사회 지역화 교재인 《전라북도 생활》을 만든 것이다.

7차 교육과정이 시작되면서 지역에 대한 교육이 강화되었다. 사회과는 지역 확장성, 즉 나선형 교육과정을 적용했다. 이에 3학년과 4학년은 시군에서 교재를 만들어 사용했는데, 내가 4학년 지역화 교재인 《전라북도 생활》 개발을 총괄 지휘했다. 지금도 이 지역교과서 운영체제는 그대로 유지되고 있다.

집필 기간은 거의 1년여 정도 걸렸다. 집필은 8월까지 완성해야 했는데, 그래야 편집, 수정, 재편집, 인쇄까지 시간이 맞았다. 집필팀만 있는 것이 아니라 사진팀, 그림팀, 심의팀 등을 모두 꾸려야 해서 복잡했다. 집필 회의도 한 달에 한 번씩 했고 수시로 자료를 주고받으며 상의했다. 무에서 유를 창조해야 하는 교과서 집필은 자료 찾는 수고로움은 물론 자료가 정확한지, 자료가 법률에 저촉되지 않는지까지 살펴보는 데 많은 시간과 에너지가 필요했다.

또 집필진 대부분이 교사들이어서 원고를 쓰는 일이 본업인 학교 업무 외의 일이다 보니 속도도 더디고 업무량도 가중되어 힘든 작업이었다. 하지만 모두 집필자로서 '나의 이름'에 대한 명예를 생각하며 어려움을 이겨내며 즐겁게 임했다. 이렇게 완성된 자료는 보는 것만으로도 뿌듯해 나 또한 '수고했어!'라고 말하며 스스로를 토닥토닥했었다.

교과서를 집필하는 일도 힘들었지만 실제로 이것을 편집하고 인쇄하는 과정이 더 힘들었던 것 같다. 《전라북도 생활》은 새 학기가 시작하기 전인 2월 말까지 전 학교에 배포되어야 했기 때문에 연말과 연초에 특히 많은 고생을 했다. 실제 편집과 출판 과정까지 많은 시간이 필요했다.

지역교과서이다 보니 지역에서 교과서를 인쇄했는데, 지역 인쇄소도 교과서 인쇄가 처음이다 보니 쉽지 않은 작업이었다. 겨울방학 내내 인쇄소로 출근해 페이지당 들어가는 글자 수, 그림이나 사진의 배치, 이모티콘 사용 등등 세세한 편집을 같이 작업했다.

책 발간일이 다가올수록 가슴이 콩닥콩닥했다. 혹여 문제가 생겨 배송되지 않을까 염려되어 책이 인쇄되어 배송되는 것까지 인쇄소에서 지켜봤었다. 나는 이 일을 2012년까지 거의 10년간 했다.

《전라북도 생활》과의 인연을 마무리하고 국정과 검정교과서 검토 요원으로 2020년까지 활동했다. 전공이 비록 사회는 아니지만, 사회과와 인연이 되어 교과서를 집필하고 검토하면서 한 권의 교과서가 많은 사람의 노력으로 만들어진다는 것을 알게 되었고, 책의 편집을 바라보는 시각이 생겼으며, 소중한 인연을 많이 만날 수 있었다. 그때 만난 사람들과의 인연은 지금까지도 이어지고 있다.

전
문
직
에 　도
　　전
　　하
　　다

　　　　　　　교육과정실에 근무하면서 알게 된 것이
전문직, 즉 장학사들의 역할이었다. 그냥 학교에 근무하던 교사 시
절에는, 교육 전문직은 우수한 능력과 특별한 자질로 노력하는 사람
들만이 할 수 있는 거라고 생각을 했다. 하지만 교육과정실에 근무
하면서 장학사의 역할과 업무를 보니 '나도 할 수 있겠다'는 생각이
들었다.

　전문직 시험을 보기로 결심하고 공부를 시작했다. 전문직 시험
준비는 철저한 계획하에 이루어졌다. 아침 6시부터 7시까지 한 시
간 공부한 후에 7시에 아침 식사 및 출근을 하고 오후 4시까지 모든
업무를 끝낸 뒤 4시부터 6시까지 공부를 했다. 퇴근 및 저녁 식사를

하고 8시에 한 시간 정도 운동을 하고 나서 다시 9시부터 11시까지 공부를 했다. 매일 본업을 하면서 최소 5시간 이상 공부한 것이다.

그 당시 전문직 시험은 교육학 전반을 공부해야 했는데, 교육학이라는 것이 범위가 넓어 공부하는 시간이 많이 필요했다. 게다가 논술시험도 있어서 그 준비까지 해야 했다. 도와주는 사람이 없었기 때문에 모든 공부를 나 혼자서 해야 했다. 혼자 외우고 혼자 문제를 푸는, 지루하고 고단한 나 자신과의 싸움이었다. 2년 정도 공부한 끝에 전문직에 합격했다.

틈틈이 운동을 한다고 했지만 장기간의 공부는 아무래도 몸에 무리를 주었다. 논술시험 준비를 위해서 B4 용지에 줄을 그어 규격에 맞추어 연습을 했는데, 연습 시간이 길어지면서 오른쪽 어깨가 아프기 시작하더니, 결국 오른쪽 팔에 골프 엘보(내상과염; 팔꿈치 안쪽에 염증이 생겨 발생하는 통증 질환)가 왔다. 이때 이후로 지금까지 손글씨를 쓰면 어깨와 팔꿈치 통증으로 인해 피로가 쉽게 온다. 하여튼, 이런 과정을 거쳐 전문직에 입문했다.

이때가 대학교 졸업 이후에 제일 열심히 공부한 시절이 아니었나 싶다. 규칙적으로 내 시간을 마련해서 그 시간을 벗어나지 않도록 항상 매뉴얼을 만들어 놓고 공부했던 그 시간. 공부하는 재미도 물론 있었지만, 나를 위해 사용한다는 목적성에 부합되었기 때문에 그 힘든 시간을 견딜 수 있지 않았을까 싶다.

사람은 누구나 깔딱고개를 넘어야만 산의 정상에 오를 수 있는 것과 마찬가지로, 무언가를 이루기 위해서는 정말 피땀 어린 노력이 필요하다고 생각한다. 어설피 노력해서는 절대 그곳에 닿지 못한다. 많은 사람들이 운도 분명히 작용한다고 말한다. 그러나 나는 혼자서 쌓은 많은 담금질의 시간이 있었기에 그 운에도 닿을 수 있는 것이라 생각한다.

장학사로서의 첫발

장학사로서 첫 임지는 임실교육청이었다. 내 고향이어서인지 임실은 참으로 애착이 많은 곳이다. 임실교육청에서 처음 맡은 업무는 독서 교육, 영재 교육 등 교육과정 외적인 부분들이었다. 기본 교육과 창의성 교육, 다양성 교육까지 하기에 적합한 업무였다.

임실군은 그리 변화가 많은 고장은 아니다. 2005년도 9월 내가 임실교육청에 발령 났을 때만 해도, 그렇게 교육 자원이 좋았던 곳은 아니었다. 어느 날 임실 지역에 사는 후배 하나가 사업하는 사람을 소개해줬다. 장학 사업뿐 아니라 교육 발전에 많은 공헌을 하고 있다고 했다. "혹시 영재 교육을 위해서 애쓰는 선생님들을 위해서 지원을 해줄 방안이 있겠나?" 그랬더니 선뜻 지원 가능하다고 했다. 나는 영재 교육을 하는 선생님들에게 다양한 문화를 보여주고 싶다는 생각에 '청도 문화답사'를 추진했다.

우리가 다녀온 곳은 청도영재과학고였다. 이 학교는 부지 자체가 우리나라 고등학교 수준이 아니다. 우리나라 2년제 대학교 정도의 넓은 부지에 다양한 학교 시설물이 있었다. 교실을 들어가 보니 70여 명이 앉을 수 있는 낡은 나무 책걸상이 놓여있었다. 책상 위와 서랍 속에 가득 쌓인 교재와 프린트물에서 학생들의 열정을 만날 수 있었다. 학교 울타리 안 기숙사 창문가에 널려진 이불과 옷 등의 빨래를 보며, 정말 공부에 열심인 학생들이라는 것을 느끼게 되었다.

문화답사가 임실군 영재교육 담당 교사들의 열의를 끌어올리고, 그들에게 더 다양한 교육과정과 창의적인 교육 내용을 지원해줄 수 있는 시간이 된 것 같아 뜻깊었다.

교감, 교장,
세종교총 회장

일하기 좋아하는 교감

나는 세 학교에서 교감을 했다. 처음 간 곳은 전주삼천남초등학교의 복식 교감 자리였는데, 학급 수가 줄어들면서 교감 한 명이 빠져나가야 했다. 나보다 먼저 와 계셨던 교감 선생님이 정년 6개월밖에 남지 않았기 때문에 어쩔 수 없이 내가 다른 학교로 옮겨야 했다. 그렇게 6개월 만에 전주아중초등학교에 가게 되었다.

전주아중초등학교는 15개 학급 규모의 크지 않은 전주의 변두리 학교였다. 선생님들은 젊고 열의가 넘쳤으며 교장 선생님은 온화하셨다. 이곳에서 근무한 시간이 내 학교생활 중 제일 행복했던 시간이었다.

전주아중초등학교에서 나는 도전적인 역할을 많이 했다. 교육은 살아 있어야 한다는 생각으로 생기 있는 교육과정을 만들기 시작했다. 교장 선생님의 재가를 얻어 학교 비전을 '꿈, 감동, 추억'으로 정하고 비전에 맞는 교육과정을 수립하기 시작했다. 나와 열정을 같이 해주는 선생님들이 힘을 주었다.

선생님들과 함께 어떻게 하면 '꿈, 감동, 추억'의 비전이 교육과정에 잘 녹아들 수 있는지, 안내자와 조력자로서 아이들에게 어떻게 효과적으로 전달할 수 있을지 방안을 고민했다. 교육과정이 책꽂이에 꽂히는 죽은 자료가 아니라 '만들어가는 교육과정'으로서의 역할을 찾아보고자 밤새워 아이디어를 생성하고 협의했다. 많은 선생님들의 노력으로 2011년 '꿈, 감동, 추억이 만들어지는 전주아중 교육과정'이 만들어졌고, 그로 인해 각 학급에서는 학생들의 즐거운 교육활동이 펼쳐졌다.

만들어가는 예술 교육
....

내가 임기 중 가장 중점을 두었던 것은 예술 교육이었다. 아이들이 악기를 모두 배울 수 있도록 '1인 1악기' 교육활동으로 생활 속에 음악이 스며들도록 집중 운영했다.

음악의 일상화를 위해 매달 공연할 수 있는 소규모 무대도 꾸며서 운영했으며, 선생님들은 플루트, 사물놀이 등 자율동아리를 구성해 연습을 했다.

또한 매년 연말에는 학교 운동장에 무대를 만들어 학부모, 학생, 교직원이 모두 함께 하는 '예술한마당'을 열었다. 아이들이 1년 동안 갈고 닦은 연주 실력을 뽐내는 자리였다. 아이들의 화려한 연주를 듣고 있으면 학기 초 서툴렀던 모습이 교차하며 마음이 벅차올랐다.

예술 교육이란 게 정해진 틀이 있는 것은 아니다. 나는 우리 아이들이 음악에 해박한 지식을 가진 아이보다 음악 자체를 즐기고 사랑하는 아이로 자라길 바란다.

그리고 학생들이 노력하고 선생님이 이끌어주며 함께 하모니를 만들어가는 과정을 배우는 것이 무엇보다 더 중요한 교육이라고 생각한다.

만들어가는 독서 교육

내가 예술 교육 다음으로 중요시한 것이 독서 교육이었다. 아이들의 독서의 질을 높이기 위해 '독서교육 연구학교'를 운영했다. 연구학교를 반대하는 의견도 있었지만, 독서 교육이 우리 아이들한테 도움을 주는 본질적인 면을 들어 설득해 연구학교를 운영했다.

아이들에게 더 많은 책을 읽히기 위해, 더 많은 독후 활동의 기회를 제공하기 위해, 독서 교육 체험과 확정성을 주기 위해 다양한 방법을 동원했다.

그중 한 가지는 아이들이 서울로 수학여행을 갈 때 꼭 교보문고에 들르도록 일정을 짠 것이다. 아이들에게 대규모 서점의 문화를 경험하고, 다양한 선택지 안에서 원하는 책을 고를 수 있는 기회를 주기 위함이었다. 이후에 담임 선생님에게서 아이들이 서점에 대한 좋은 경험을 얻고 책에 흥미를 보였다는 얘기를 듣고 뿌듯했다.

만들어가는 교육과정이 성공적으로 마무리될 수 있었던 것에는 안내자, 조력자로서 적극적으로 동참해 준 선생님들의 공이 컸다. 선생님들이 모두 한마음으로 1년간의 교육과정을 준비하고, 이를 충실히 이행해준 덕분에 학생들이 더 풍부하고 왕성하게 스스로 하고 싶은 일을 할 수 있었다.

마음이 머문 그곳, 대강초등학교

2014년 3월 1일, 남원 대강초등학교 교장으로 발령이 났다. 왕복 150km의 먼 거리였다. 다른 사람들이 이 말을 들으면 '그 정도 거리가 멀다고 투정이야!' 하겠지만, 나에게는 너무 먼 곳이었다.

게다가 대강초등학교는 마을 한 중심에 있는 게 아니라 마을 초입에 혼자 덜렁하니 있었다. 처음에는 '아, 여기에 관사가 있으니 좀 지내도 되겠구나'라는 생각으로 하루 있어 봤다. 선생님들이 모두 퇴근하고 난 시간 외에는 도대체 할 일이 없었다. 6시만 넘으면 관사 주변은 적막 그 자체였다. 밤이 되면 주변이 온통 깜깜해서 움직일 수가 없었다. 혹여 차가 하나 지나가거나 인기척이 들리면 온 동네 개들이다 짖어댔다. 마을 사람들에게 민폐가 되는 것 같아서 운동을 할 수도 없었다. 학교 운동장을 몇 바퀴 도는 것이 내가 하는 운동의 전부였다.

안녕하세요, 할머니

발령이 나고 얼마 지나지 않았을 때, 동네 할머니 두 분이 학교에 다니고 싶다고 찾아오셨다. 정식으로 학교운영위원회를 거쳐서 1학년으로 입학시켜드렸다. 다른 1학년 아이들과 함께 배우는 것은 아무래도 무리가 있을 것 같아, 두 할머니는 내가 맡기로 했다.

처음에는 하루 한 시간씩 읽기 교육과 쓰기 교육을 했는데 한 할머니는 아무리 해도 늘지를 않았다. 첫날 '가나다'를 읽고 썼는데, 다음날 다시 '가나다'부터 시작해야 했다. 1주일이 지나도 제자리였다. 도저히 그분은 진도를 나가기 어려웠다. 그래도 학교는 꾸준히 잘 다니셨다.

다른 할머니는 '가나다'를 배우면 '라마바'까지 예습해 오는 분이었다. 그래서 점점 실력 차가 커졌다. 한자리에서 공부하면 서로 마음에 상처를 입으시는 것 같아 일단 시간을 달리해서 수업을 진행했다. 학습 속도가 빠른 할머니께는 글을 읽고 쓸 줄 알게 되셨으니 일기를 써보시라고 일기장을 드렸다. 처음에는 쑥스러워하셨지만

3줄, 5줄, 10줄까지 일기를 쓰셨다.

대강초등학교를 떠날 때 가장 마음이 쓰인 부분이 이분들을 학습 면에서 끝까지 돌보지 못한 것이었다. 내가 학교를 떠난 뒤로는 이분들도 더 이상 학교를 다니지 않으셨다.

양길순 할머니에게 보내는 편지

양길순 학생, 아니 양길순 할매, 잘 지내시지요?

대강을 떠난 지도 벌써 7년이 지났어요.

대강을 떠나면서 못내 발걸음이 무거웠던 것이 할매의 국어 공부를 끝맺어주지 못했다는 점 때문이었어요.

제가 대강을 떠난다고 하니 "이제 학교 안 다닐 거야!"라고 하시던 말씀이 마음에서 떠나지 않았어요.

남원으로 가는 버스를 타려고 해도 글씨를 잘 몰라서 불편하니 글을 좀 배워야겠다고 시작했던 공부였지요. 1학년 학생이 8명이었지만, 할매까지 같이 수업을 해줘야 했던 1학년 담임 선생님의 부담을 덜어주고파서 시작했던 교장실에서의 읽기 수업. 매일 잠깐의 시간 동안 읽고 쓰기를 했는데도, 어느 날부터 책을 줄줄 읽기 시작했고, 받침이 하나 있는 받아쓰기도 가능했지요.

그때부터 일기를 쓰시라 권했는데 잘 못쓴다고 자꾸 미루다가

9월 어느 날부터는 일기도 쓰기 시작하셨고요. "이젠 시내버스 글씨 읽을 수 있을 것 같다"라고 자랑스럽게 말씀하시기도 하셨어요. 이 일이 어찌나 제 일인 양 기뻤던지요.

시작을 했으면 마무리까지 잘하고 와야 했는데, 입학만 시키고 졸업을 못 시켜드려서 아직도 마음이 아파요. 대강을 떠나 종촌에서 일하면서도 대강 생각을 하면 '할매는 어찌 지내실까?' 늘 궁금하기도 했어요. 전화도 드리고 싶었고, 가덕에 찾아가 할매를 만나고 싶었으나 제가 마음이 아파서 그리하지도 못했네요. 그렇게 한해 한해가 지나면서 점차 아프고 쓰린 마음도 그나마 누그러졌어요.

그나저나 할매, 아직도 일기 쓰고 계시나요?

일기 쓰고 같이 책을 만들면 좋겠다고 말씀드렸었는데….

할매, 제가 한번 찾아갈게요. 할매는 모르시겠지만, 항상 할매의 공부를 다 봐주지 못하고 떠났다는 생각에 할매를 잊은 적은 없어요. 항상 인자하고 자상한 웃음과 담임 선생님 도와드려야 한다고 부지런하게 청소하시고 쓰레기 주워 정리하시던 모습이 눈에 선합니다.

찾아뵐 때까지 건강하시고 행복하세요.

자연을 벗 삼아 자전거로 바람을 가르다

대강초등학교가 위치한 남원시 대강면은 학원도 없는 곳으로, 학교에서 하는 교육과정과 방과 후 활동이 학생들이 받는 교육의 전부였다. 그래서 아이들에게는 다양한 교육활동으로 잠들어 있는 뇌를 자극하는 활동이 필요했다. 나는 아이들이 자연과 벗 삼아 놀 수 있는 다양한 활동을 만들고 지원했다. 가장 기억에 남는 것이 자전거 타기다.

운 좋게도 대강초등학교는 '섬진강 자전거길'이 광양까지 닿을 수 있게 조성된 곳에 있었다. 학생들에게 조사해보니 자전거가 없거나 자전거를 타본 경험이 없는 학생들이 많았다. 주변 지인들에게 수소문한 끝에 학생들에게 자전거를 기부해 줄 훌륭한 기부 천사를 소개받았다. 기부 천사는 자전거 25대와 헬멧, 무릎·손목보호대까지 장비 일체를 기부해주셨다. 1톤 차량 가득히 자전거가 실려 오던 날, 학생들 모두 운동장에 나와서 환호성을 지르며 자전거 맞이했다.

이날부터 학생들에겐 새로운 도전의 시간이 시작되었다. 점심 시간이면 자전거 타는 아이들로 운동장이 북적였다. 처음으로 자전거 타는 법을 배우는 학생들과 자전거를 잘 탄다고 자랑하는 학생들이 자전거와 추억을 만들기 시작했다.

생애 첫 자전거 타기

다른 아이들이 자전거 타기에 열중할 때, 남학생 A는 자전거 타는 것을 거부했다. 선생님들이 몇 번 권유했지만, 자전거를 타지 않겠다는 뜻이 완강했다. 그렇게 시간이 흘러 여름방학이 다가오고 있었다.

방학을 며칠 앞둔 어느 날, "A가 자전거를 타고 있어요!"라는 담임 선생님의 외침이 들렸다. 깜짝 놀라서 운동장을 쳐다보니 정말로 A가 자전거를 타고 있지 않은가! 옆에서 담임 선생님이 "A가 자전거를 타지 못하는 게 부끄러워서 다른 학생들이 보는 앞에서는 자전거를 타지 않았고, 주말에 부모님과 함께 자전거 연습을 했대요"라고 알려주었다. 이 얼마나 귀여운가!

기부 천사가 선물해준 자전거 덕분에 아이들은 잊지 못할 추억을 쌓았다.

A의 자전거 도전으로 대강초등학교 학생들이 모두 자전거를 타게 되었고, 고학년을 시작으로 대강의 모든 선생님과 학생들이 섬진강을 따라 시원한 바람을 맞으며 자전거 여행을 시작하게 되었다.

뇌를 자극하는 다양한 교육활동

자전거 타기 이외에도 다양한 교육활동을 했다. 나는 점심시간이면 교실에 가서 아이들에게 그림책을 읽어주었다. 전체 학생이 40여 명 정도였기 때문에 아이들을 모으기는 쉬웠다. 내가 책을 읽기 시작하면 아이들이 모여서 들었다. 비록 그림책이지만 '아이들이 책 읽는 습관을 가질 수 있는 방법은 뭘까?'라는 생각으로 책을 읽어주기 시작했다.

또 매달 한 번씩 현장 체험으로 아이들에게 다양한 경험을 제공했다. 한번은 방학 영어캠프를 열었는데, 시골 학교는 강사 섭외도 쉽지 않아서 직접 옆 동네인 순창 교육청의 도움을 받아 외국인을 섭외했다. 그리고 체험 기간 내내 외국인을 출퇴근시키면서 1주일간 영어캠프를 했다. 마시멜로도 구워 먹고, 외국 음식 체험도 하면서 학생들에게 문화와 언어를 배워갈 수 있는 시간을 마련했다.

대강초등학교를 떠난 지 3년쯤 지났을 때 대강초 운영위원장님에게서 연락이 왔다. "우리 학교 교장 공모제 하는데, 교장 선생님이 다시 오시면 좋겠어요." 잊지 않고 찾아주는 학부모님 덕분에 잠깐 울컥했다. 고맙고 또 미안했다. 그저 거리가 멀다는 이유로, 힘이 든다는 이유로 학교를 떠나버린 것이 못내 가슴이 아프다.

그래도 그 인연이 지금까지 이어지고 있다. 사람이 만나고 헤어지는 것이 내 뜻대로만 되는 일은 아니지만, 그 인연을 오래 가지고 간다는 것은 참 소중한 것이다.

외국인 강사와 함께한 방학 영어캠프

세종에 가다

대강초등학교에서 근무하던 10월 어느 날, 우연히 세종시교육청에서 보낸 교원 일방전입에 관한 공문을 보게 되었다. 자세히 살펴보니 교장도 일방전입을 할 수 있었다. 이전까지는 어느 시도에서도 교장은 일방전입으로 옮겨갈 수 없었다. 나는 참 좋은 기회라고 생각을 하고, 세종이란 지역의 특성 및 발전사항들을 찾아보았다.

마침 내가 대강초등학교로의 출퇴근을 정말 힘들어하던 시기였기에 공문을 보면서 반가움과 약간의 두려움, 긴장감이 교차되었다. 세종으로 직장을 옮기겠다고 마음을 정하고 일단 제안서를 작성해 보냈다. 11월에 면접을 보고 2월에 세종시로 짐을 옮겼다.

3개월 사이에 나에겐 많은 변화가 있었다. 전북에서 세종으로 근무 지역이 바뀌었고, 가족들과 함께 거주하던 생활에서 주말부부로서 홀로서기가 시작되었다. 가족, 동료, 친구, 지인들과 어울려 지냈던 많은 시간들을 오롯이 혼자 보내야 한다는 게 처음에는 매우 힘겨웠다.

게다가 매주 금요일마다 전주에 가서 생활하고 월요일 날 아침에 세종으로 오는 생활을 거의 1년간 하고 나니 몸이 너무 피곤했다. 도저히 안 되겠어서 그다음부터는 금요일 오후나 토요일 아침에 전주로 내려갔다가 일요일 저녁 가족들과 식사 후에 세종으로 올라왔다. 이런 생활을 5년 정도 했다.

요즘은 주말이면 가족들이 세종으로 모인다. 사실 처음부터 내가 내려가기도 하고 가족들이 올라오기도 하면서 병행했어도 괜찮았을 텐데, 아마 가족들을 남겨두고 나 혼자 세종으로 지역을 옮긴 것에 대한 미안함이 마음에 오래도록 남아 있었나 보다. 미련할 만큼 열심히 주말마다 전주로 내려간 것을 보면 말이다.

2015년 세종으로 옮겨 처음으로 발령받은 곳은 종촌초등학교였다. 신설 학교라 그랬는지 처음 겪는 다양한 일들이 많았다.

처음에 종촌초등학교를 찾아가는 데도 어려움을 겪었다. 이유는 가칭 '민마루초등학교'에서 '종촌초등학교'로 교명이 바뀌었기 때문이다. 뒤늦게 교명이 바뀐 탓에 창문틀이나 눈에 띄지 않는 물건들, 학용품에까지 작게 '민마루초등학교'라고 쓰여 있었다. 가끔은 '민마루초등학교'로 기록된 배송 물건이 세종의 학교들을 돌고 돌아 '종촌초등학교'로 도착했다.

종촌동에 '종촌'이라는 대명사가 붙은 기관은 '종촌유치원', '종촌초등학교', '종촌중학교', '종촌고등학교'가 있었다. 초등학교의 초성은 'ㅈㅈㅊ'인데 공교롭게도 모음은 모두 'ㅗ'여서 학생들이 발음하기에 쉽지 않았다.

학부모들에게서 '주변 학교의 이름은 모두 순우리말에 예쁜 이름인데 우리만 '종촌'이 뭐냐? 학교 이름을 바꿔라!'라는 민원이 들어왔었다. 민원이 들어왔으니 이에 대한 의견을 수렴하고 이와 관련된 업무를 추진해야 하는데 난감했다.

학교 이름이 정말로 바뀌어야 하는 합리적인 이유가 있다면 바꿔야겠지만 꼭 그렇지 않다면 종촌이란 이름을 사용하는 것이 나쁘지 않다고 생각되었다. 이미 들어온 기자재 등에 '종촌초등학교'라고 표식이 되어 있었고, 신설 학교라 시설, 교구, 교육과정, 교수학습 등 갖춰진 것이 없어서 할 일이 태산이었다. 우선 학생들의 정상적인 수업 지원이 급선무인데 우선순위가 바뀌는 것이 아닌지 염려가 되었기 때문이다.

고민 끝에 먼저 주변 4개교 교장 선생님들과 논의하고 학부모들에게 학교명 교체에 대한 의견을 물어보기로 했다. 먼저 주변 학교에 의견을 물어보니 고등학교와 중학교는 교명에 대한 교체 의사가 없었다. 이후 학부모 대상으로 설문조사를 해보니 교명을 바꾸고 싶은 가장 큰 이유는 '이름이 촌스러워서'였다. '종촌'이란 이름을 계속 쓰자는 측의 의견으로는 '원래 이 동네가 '종촌'이었기 때문에 '종촌'이란 지명을 살리고 싶다' 등이 있었다.

다행히 설문 결과 '교체를 희망하지 않음'이 절반을 넘어 종촌초등학교명을 그대로 사용하게 되었다. 행정실에서는 "휴, 다행이에요. 아직 할 일이 많은데, 교체 작업까지 같이했으면, 정말 힘들었을 겁니다"라고 너스레를 떨었다. 이렇게 한바탕 교명 교체에 대한 소란이 일고 나니 '종촌초등학교'라는 이름이 한결 익숙해지고 자연스러워졌다.

학교 문화 만들기

신설 학교인 종촌초등학교는 각지에서 모인 선생님들로 구성되었다. 부산, 울산, 서울, 경기, 전남, 전북에서 세종으로 옮긴 나까지 다양한 지역의 구성원들로 조직되다 보니 교육과정의 흐름이 잡히지 않았다.

신설 학교인 종촌초등학교를 학생, 교사, 학부모가 만족하는 학교로 만들기 위한 고민이 필요했다. 그래서 첫 번째로 고민한 영역이 종촌초만의 교육과정이었다. 먼저 교육과정의 이론부터 함께 배워 보자는 생각으로 교육과정에 대한 연수를 많이 했다. 개교 이후 3년 동안 꾸준하게 외부 강사들을 섭외해 교육과정뿐 아니라 수업 개선까지 집중적으로 연수를 했다.

비록 과정은 힘들고 고되었을지라도 종촌만의 교수학습 재구성으로 프로젝트 수업 운영까지 실천해 가는 선생님들이 되었다. 아는 만큼 보인다고 했다. 선생님들이 고민하고, 선생님들이 공부하고, 선생님들이 수업에 대해 논의하는 그 시간들로 인해 선생님들이 성장하는 시기였다고 나는 생각한다. 이런 과정을 거친 선생님들은 어느 곳에 근무하더라도 자기 색깔의 교육과정을 만들고 있지 않을까? 신설 학교에서 교육과정과 수업 운영을 끌어올렸던 종촌 선생님들의 노고에 다시 한번 감사한다.

두 번째로 고민한 영역은 동아리 활동이었다. 학생들이 교과 과정 외 동아리 활동을 통해 자신의 관심사와 재능을 발견할 수 있었으면 했다. 그래서 오케스트라부, 밴드부, 로봇부, 야구부, 영재학급 등 학생들의 창의성과 다양성을 길러줄 수 있는 다양한 활동부서를 운영했다.

야구부는 한화이글스 구단에서 기본적인 물품을 지원해 주었다. 처음 야구부를 창단한다고 했을 때 학생들(특히 남학생들)의 관심이 지대했다. 야구부는 아침이나 방과 후, 주말에 주로 운영했다. 야구를 하면서 아이들이 아침 일찍 운동장에서 뛰고 던지고 받는 활기찬 모습이 보기 좋았다. 또한 아이들이 학교를 대표해 야구 대회에 나가면서 학교에 대한 애정도 증가한 듯 보였다.

오케스트라부나 밴드부는 표현의 기회를 많이 제공할수록 실력이 좋아질 것이라는 일념으로 공연 기회를 많이 마련했다. 교내 아이들을 강당으로 초청해 공연하기도 했었고, 호수공원이나 정부컨벤션센터 등 학교 외의 장소에서도 공연했었다. 그 당시 밴드부를 하던 학생 중 세종예술고등학교에 진학한 학생도 있다. 학생들의 재능을 계발하고 발휘할 수 있도록 하는 데 학교가 기반이 될 수 있다는 생각이다.

글로벌 로봇축제 'FLL'과 도서관 '또박이'

4차 산업혁명 이전에 정보의 발달은 학교의 정책과 학생들 교육의 변화를 가져온다. 그의 일환으로 로봇부를 개설했다. 담당 선생님은 초반에는 "이건 할 수 없어요. 능력이 안 돼요"라고 했지만, 따로 배워가면서 목요일 수업과 방학 캠프를 통해 로봇부를 열정적으로 이끌어 갔다.

로봇부가 운영된 지 1년쯤 지난 겨울방학에는 일산 킨텍스에서 열린 'FLL 대회'에 세종시 대표로 참전했다. 아이들은 손이 꽁꽁 얼어붙는 추운 겨울 날씨에 새벽부터 일산까지 가는 것도 마다않고 적극적으로 참여하며 흥분을 감추지 못했다. 결과와 상관없이 과정을 즐기는 아이들의 모습을 보니 언젠가 이 아이들이 프로그램을 구성하고 활용하는 자리에서 일하고 있을 모습이 머릿속에 그려졌다.

세 번째로는 독서 교육에 중점을 두었다. 종촌 도서관의 이름은

세종시 대표로 FLL에 참가한 아이들

순우리말로 '또박이'이다. 도서관의 크기가 교실 4칸 정도 된다. 넓기만 하고 썰렁했던 도서관을 교육청의 지원을 받아서 리모델링했다. 학생들이 책을 편히 읽을 수 있는 공간과 학습할 수 있는 공간, 책을 찾아보기 쉽도록 정리된 서가와 입체적인 다목적 공간 등으로 리모델링을 하고 나니 아이들이 너무 사랑하는 장소가 되었다.

도서관은 항상 아이들로 북적였다. 어쩔 땐 도서관에 입장하기 위해 줄을 서기도 했다. 아이들은 자유롭게 뒹굴면서 책을 보았는데, 그중 책꽂이 아래 소파가 가장 인기가 좋았다.

또한 한 달에 한 번 '달빛도서관'을 열어 도서관에서 부모님과 같이 책을 읽는 등 다양한 독서 행사를 운영했다. 여러 방법으로 책 읽는 습관을 들이기 위한 노력이었다. 가끔 말썽을 피우러 오는 아이들이 있어서 이를 우려하는 선생님들도 있었는데, 그래도 그보다 더 많은 것을 아이들에게 안겨주었다고 생각한다. 달빛도서관은 아이들한테 소중한 기억으로 남아 있을 것이다.

아이들에게 인기 만점인 종촌 도서관 '또박이'

내가 꿈꾸는 학교

종촌초등학교 첫 비전은 '꿈, 감동, 추억을 만들어가는 학교'로 정했다.

'꿈'은 미래를 위한 준비에 학교가 보탬이 되도록 하자는 생각이었고, '감동'은 학생 한 명 한 명이 학교생활을 하면서 마음 깊은 울림을 받는다면 학교가 즐겁고 행복한 공간이 되지 않겠는가 하는 생각에서였다.

'추억'은 특별하게 의미가 있는 것은 아니다. 학교를 졸업하고 친구들끼리 만났을 때 나눌 수 있는 이야깃거리를 말하는 것이다. 우리가 학교에서 보내는 시간이 보통 12~16년 정도 된다. 어린 시절의 대부분을 학교에서 보내는 것이다. 친구들과 운동장에서 술래

잡기 하던 기억, 옹기종기 둘러 앉아 점심 먹던 기억, 수업 시간에 선생님 몰래 쪽지를 주고받은 기억 등. 이 모든 것이 학교생활에서 이루어지는 것이기 때문에 학교는 학생들에게 소중한 곳이라고 생각한다.

'만들어가는' 학교

가끔 선생님들에게 몸이 힘든 아날로그적인 활동을 요구할 때가 있다. 디지털 시대를 살아가는 학생들에게 아날로그 활동들이 감동과 추억을 만들어 줄 것이기 때문이다. 진로 활동이나 야영 활동 등을 추진하기도 하고 일상에서 아이들이 보고 느낄 수 있는 기회가 없는지 궁리한다.

예를 들면 가을에 떨어진 낙엽을 쓸지 않는 것이다. 교정이 낙엽으로 지저분해지지만 학생들이 낙엽을 밟아보고, 밟으면서 낙엽 소리도 들어볼 수 있는 놀이터가 되기 때문이다. 아이들은 낙엽을 모아서 산을 만들기도 하고, 낙엽을 날리며 놀기도 한다. 이 순간 아이들은 마음이 부자가 된다.

비전을 '만들어가는'이라고 한 이유가 있다. 꿈, 감동, 추억은 학교의 일상생활에서, 학교의 다양한 활동에서 만들어지는 것이라는 생각에서다.

교육이란 계획적으로 이루어지기도 하지만 활동 속에서 잠재적으로 스며드는 것 또한 많다. 그래서 교육은 참으로 어려운 과정이고, 그래서 많은 고민이 필요한 것이라고 생각한다.

'꿈, 감동, 추억을 만들어가는 학교'. 오늘도 그 속에서 하루가 지나간다.

뉴욕의 친구들을 사귀다

       우연히 팟캐스트에서 뉴욕에 사는 사람들의 이야기를 접하고 개인 SNS를 시작하게 되었다. 그러던 어느 날 개인 메일로 국제 교류를 할 수 있냐는 제안이 들어왔다. 나의 SNS를 통해 내가 학교에 있는 것을 확인하고 제안을 한 것 같았다. 제안한 곳은 뉴욕에 있는 '세종문화원'이었다.

   세종문화원은 미국에 입양 온 사람이나, 이민자 후손을 위해 한글과 한국 문화를 교육하는 곳이다. 한국 문화 알리기 차원에서 한국의 학교를 방문하고 한국 가정에서 홈스테이를 하고 싶은데, 우리 학교와 하고 싶다고 했다. 나는 적극적으로 찬성했다. 우리 학생들이 다양한 문화를 접하고 현지인과 영어로 소통할 좋은 기회라고 생각했다. 일부러 해외여행도 가는데, 직접 찾아와 준다고 하니 이 또한 새로운 추억 쌓기가 아닌가!

국제 교류의 주요 활동 내용은 수업 교류와 문화 교류, 홈스테이이다. 수업 교류와 문화 교류는 학교에서 진행했고, 홈스테이는 학부모들의 자원봉사로 이루어졌다.

수업 교류는 뉴욕에서 온 분들 중 선생님 몇 분이 원어민 수업을 진행하고, 우리 학교에서도 몇몇 선생님들이 공개 수업을 진행하기로 했다. 우리 학교 선생님들 수업은 '저, 중, 고' 총 3팀으로 구성했고 해설자를 동반해 수업을 참관할 수 있도록 했다. 미국 선생님이 공개한 수업은 본교 선생님들과 미국에서 온 손님들이 같이 참관했다.

문화교류는 학교 점심 식사와 한국 문화 소개였다. 순 한국식 메뉴로 급식을 준비해 점심 식사를 했다. 다들 맛있게 점심을 잘 먹었다. 점심 식사 후 강당에서 제기차기, 투호놀이, 딱지접기 등의 전통놀이를 했다. 다들 신기해하며 즐겁게 열심히 참여했다. 그리고 특별히 오케스트라부에서 공연을 준비해 보여주었는데, 뉴욕서 오신 분 중 음악 선생님 두 분이 학생들과 즉흥 합주를 해 더욱 즐거운 시간이었다.

마지막 코스는 홈스테이였다. 한 가정에 2~3명의 외국인이 2박 3일 동안 동거했다. 우리 학부모들과 아이들은 처음 만난 외국인 친구에 매우 어색해했지만 2박 3일을 함께 보낸 뒤 3일째 되는 날 아침

전통놀이 체험, 오케스트라부 연주 등 다양한 문화 교류를 통해
서로를 이해하는 시간을 가졌다.

학교에서 헤어질 때는 다들 눈물바다가 되었다. 길다면 길고 짧다면 짧은 2박 3일 동안 가정마다 다양한 방법으로 추억을 쌓았다. 바비큐를 먹으며 화목을 다지고, 세종 주변 관광 및 쇼핑도 하고, 노래방도 가고, 밤새 젠가나 보드게임을 하는 등 특색있는 추억을 선물해 주신 것이다. 그래서 정이 듬뿍 쌓여 헤어짐을 못내 아쉬워했었다. 이때의 홈스테이를 시작으로 장기간 국제 교류가 이루어진 가정들이 있다는 이야기를 나중에 듣고 뿌듯했던 기억이 있다.

이후에도 코로나 발생 이전까지 4년여간 국제 교류를 운영했다. 학생들에게 새로운 것에 대한 참여를 이끌어 보기 위함이었다. 외국인들이 학교를 둘러볼 때 우리 아이들은 쑥스러운 듯 기둥 뒤에 숨거나 멀찍이 계단참에서 "하이", "헬로", "나이스 투 미츄" 등을 하고는 친구들에게 외국인과 인사를 했다고 자랑을 했었다. 글로벌 문화란 것이 별거던가? 여행을 통해 접할 수도 있지만, 이런 기회에 서로 만나서 어울리며 자연스럽게 접근해보는 것 또한 좋은 문화 체험 아니던가?

세종문화원 단체 사진

삶이 교육이 되는 아날로그 교육

　　나는 디지털 교육보다는 아날로그 교육을 좋아한다. 특히, 아이들이 체험하거나, 놀이하는 영역에서는 더욱 그렇다.

　　그래서 종촌초등학교에서는 연 1회 '전교생 체육대회'를 운영했다. 종촌초등학교는 개교 이래 학급 수가 19학급, 25학급, 36학급으로 점차 늘었다. 학구 내에 아파트가 입주를 시작하면서 2년 만에 학급수가 두 배가 된 것이다. 36학급까지는 전교생 체육대회가 가능했는데, 개교 3년이 못 되어 40학급이 넘는 대규모가 되면서 전교생 체육대회는 어려워졌다. 그래서 학년별 체육대회로 바꿔 운영했다.

　　체육대회 날에는 학부모들뿐 아니라 동네 할아버지, 할머니들도 같이 참여했다. 넓었던 학교가 좁게 느껴졌다. 번잡한 상황에서 학생들을 관리하느라 선생님들의 수고가 많았다. 그래도 이렇게 몸으로 부딪치며 사람들 간의 관계를 배우는 것은 좋은 공부라고 생각한다.

이런 아날로그 교육의 연장 중 하나가 바로 학교에서 5학년 학생들을 대상으로 1박 2일로 진행한 '진로캠프'였다. 미래 직업에 대해 탐색을 하도록 학생들의 발달단계와 맞는 진로 활동과 야영 활동을 진행했다. 처음 시작할 때는 학생들이 진로 활동보다 야영 활동에 더 많은 관심을 가졌지만, 진로캠프를 마치고 나면, 진로 체험하는 시간이 보람 있었다고 답하는 학생들이 많았다.

진로 교육은 본교 전체 학부모님들에게 참여 신청을 받았고 8~10개 교실에서 직업 탐색 준비를 했다. 한 교실당 15명 정도의 학생들이 참여할 수 있었는데, 한 교실당 20분 정도 정보를 주고받고, 징 소리와 함께 학생 본인이 선택한 다른 반으로 옮겨야 했다. 한 사람당 직업 탐색의 기회는 총 5번이었다. 학생들의 후일담을 읽어보니 텐트 속에서의 1박도 즐거웠지만, 직업 탐색에 대한 시간이 알차고 보람이 있었다는 이야기가 많았다.

이 모든 과정 또한 선생님들의 헌신으로 이루어졌다. 선생님들이 계획, 섭외, 질문지 작성, 야영 준비 등을 하는 데 한 달 정도의 시간이 걸렸다. 캠프 당일에도 종일 프로그램을 운영하고 학생들의 안전을 신경 쓰느라 밤잠을 설쳐 무척 피곤했을 텐데도, 밤 야영을 하

전교생 체육대회(위)와 진로캠프(아래)

면서 재미있어하는 학생들을 보니 힘든 줄 모르겠다며 뿌듯해하는 모습이 참 행복해 보였다.

학기 말에는 창의적 체험 활동으로 '다 같이 청소의 날'을 운영했다. 이날은 학생들이 작은 빗자루와 쓰레받기를 들고 교실과 학교 구석구석을 쓸고 닦는 날이다. "청소하느라 수고가 많네!" 하면서 사진을 찍어주면 학생들은 환한 얼굴로 열심히 청소하는 모습을 보여주었다. 이 또한 자신이 다니고 있는 학교, 즉 자신의 주변 환경을 깨끗이 한다는 주체성을 길러주는 잠재적인 교육이라고 생각한다.

교육은 내 주변 가까이에서부터 시작되는 것이고, 내가 살아갈 터전인 환경을 소중히 생각하고 아끼는 태도가 생활화되는 것이 무엇보다 중요하다고 생각한다.

세종도원초등학교
나의 마지막 학교생활,

교장으로서의 마지막 근무지는 세종도원 초등학교였다. 세종도원초등학교는 BTL 학교로, 학교 시설을 민간 회사에서 지어주면 교육청이 임대해서 사용하는 구조이다. 이러다 보니 그동안 교육청의 직접 투자가 미흡한 학교였다. 내가 직전에 근무했던 곳이 신설 학교였으니 더욱 비교되었다.

첫째, 학교가 어두웠다. 일반 형광등을 사용하고 있어 복도도 교실도 정말 어두웠다. 낮은 조도는 학생들의 시력에도 근본적으로 나쁘게 작용한다. 회의 때마다 형광등을 LED로 교체해 달라고 요청했다.

둘째, 운동장에 설비해 놓은 우레탄이 군데군데 구멍이 나거나 찢어졌다. 학생들이 걸려 넘어져 다치기 쉬운 구조였다. 교육청에 우레탄 교체작업을 요청했다.

셋째, 학교 분리수거장 시설이 조악했다. 학교의 분리수거장의 지붕은 검은색 가림막이었고, 분리하는 분리대가 모두 노출되어 있어 교육상, 미관상 좋지 못했다.

넷째, 학교 앞 도로가 좁아 교통사고의 위험이 있었다. 학교 앞은 왕복 2차선 도로였는데 등하굣길에 많은 차량들로 늘 교통이 혼잡했다. 이 안건은 세종 시청에 요구해야 했다. 시장님이 본교가 있는 곳으로 간담회를 오신다고 해 학부모회장님을 동행해 간담회장에 찾아갔다. "학교 앞 도로를 100m 정도만 확장해주셨으면 좋겠다"라고 했다. 마침 그 부지는 시청 소유의 부지여서 토지수용에 대한 부담 없이 공사비만 들이면 충분히 등하굣길이 안전해질 수 있었다.

2020년 코로나가 본격적으로 시작되고 여름 한철 내내 비가 내렸음에도 이 많은 요구사항이 모두 수용이 되었다. 여름방학이 코로나 때문에 2주밖에 되지 않았지만 그사이에 LED 교체와 함께 요구하지 않았던 냉난방기 교체가 동시에 이루어졌다.

그래서 장마와 무더위로 가만히 서 있기만 해도 등에서 땀이 줄줄 흘러내렸던 그해 여름엔 불빛도, 냉방기도 없이 일해야 했다. 특히나 행정실 식구들은 공사로 불빛이 모두 사라져버리자 집에서 스탠드 조명을 가져와 그 불빛에 의지해 가면서 일을 했다. 어수선한 학교 분위기에도 아랑곳하지 않고, 매일 출근하면서 더위와 불빛과

'제12회 2020 풀뿌리자치대상 교육부문대상' 수상

전쟁을 했던 2020년 여름은 지금 생각해도 습하고 어둡고, 땀과 더위에 끈적거린다. 이런 과정을 거쳐 학교는 밝은 교실과 복도, 깨끗한 쓰레기 분리수거장을 갖게 되었고, 상처 난 곳 없는 새 운동장을 갖게 되었다.

학교 앞 도로도 지금은 2차선 도로로 확장돼 학교 앞을 지나는 일반 차량들의 불편함을 덜고, 학생들도 안전하게 등하교할 수 있게 되었다.

도서관, 다시 태어나다

2021년에는 내가 가장 중요하게 여기고 있었던 사업을 시행했다. 바로 도서관 개선 사업이다. 세종도원초등학교 도서관은 평면형이었다. 학생들이 도서관을 많이 이용하도록 하는 유인책 중의 하나가 시설 개선이라고 생각한다. 그래서 평면형의 도서관을 입체형으로 과감하게 변경했다. 2층 다락 공간과 바닥에 난방이 되는 책 읽는 공간, 아이들이 족욕하듯이 둥근 자리에 둘러앉아 책을 읽는 공간, 계단에 걸터앉아 책을 읽는 공간 등 재미있고 흥미로운 공간들을 조성했다.

도서관 리모델링 후 개학을 하면서부터 도서관 앞은 장사진을 이루었다. 도서관에 들어가면 북적거리는 아이들에 치여서 움직일 수 없을 정도로 도서관이 아이들의 관심을 끄는 장소가 되었다. 아이들의 관심을 받는 도서관은 얼마나 신나겠는가! 아이들에게 사랑을 듬뿍 받는 도서관은 아이들에게 무한한 힘을 주는 곳이 된다고 생각한다. 맹모삼천지교(孟母三遷之敎)라고 아이들도 도서관을 좋아하면 분명 자연스럽게 창의력과 재능이 길러질 것이라고 생각한다.

공사가 진행되는 여름방학 동안엔 1정 연수를 받는 사서 선생님이 수시로 도서관을 다녀갔다. 공부하랴, 도서관 걱정하랴 고생했을 사서 선생님도 뿌듯할 것이라 생각한다. 지금 세종도원초등학교 도서관은 아이들이 자꾸 가고 싶은 곳이 되어 있다.

리모델링 후 아이들에게 사랑을 듬뿍 받는 도서관으로 탈바꿈했다.

슬기로운 코로나 생활

2020년 2월 코로나의 급습으로 인해 전격적으로 시행된 '원격수업'은 학교의 패러다임을 바꿨다. '온라인 개학'이라는 초유의 사태가 발생했다.

이런 순간에는 모두 교장의 결정만을 기다린다. 나는 긴급하게 학교 현장을 움직였다. 교실에 온라인 학습을 할 수 있는 기자재가 준비되었는지, 학생들의 교과서와 학습 자료는 어떻게 할 것인지, 선생님들의 출근은 어떻게 해결해야 할지…. 산적한 현안들을 하나하나 해결해 나갔다.

그리고 선생님들을 불러 모아 선생님들이 직접 교과서와 학습 준비물을 각 학생의 집으로 가져다주자고 했다. 선생님들은 "우리도 코로나 확산이 무섭다. 그렇게 다니다가 혹여라도 발병되면 어떻게 하냐?"며 거부를 했다. 나는 "새 학년이 시작되는 시점이다. 학생들은 담임 선생님이 누구인지 몹시 궁금해한다. 선생님들이 직접 전달하면 학생들과 수업도 자연스럽지 않겠는가"라며 설득했다.

결국 교장의 고집에 선생님들은 학생들 집으로 배달을 갔다. 배달이 모두 마무리되고, 선생님들에게 "너무너무 수고 많았어요"라고 하니, "교장 선생님 덕분에 아이들을 만났고, 아이들이 어떻게 지내는지 알게 되었어요"라고 답을 해주었다. 내가 원하던 대답이었다. 학생들이 부모의 손을 잡고 학교에 와서 교과서와 학습 준비물을 받아 갈 수도 있지만, 선생님이 직접 학생들의 집으로 가서 대면하면 학생들과의 관계가 가깝게 느껴질 것이고, 학생들도 '우리 담임 선생님'이란 인식으로 선생님과의 유대 관계가 더 친밀해질 것이다.

두 번째로 선생님들에게 부탁과 협조를 요구했던 것이 '쌍방향 수업'이었다. 일반 영상 자료로 수업을 하면 학생들과의 공감을 만들어가기가 어렵고, 학생들의 학습에도 도움이 되지 않는다. "쌍방향 수업을 해봅시다"라고 말했으나, 선생님들은 초상권 침해나 기기 사용의 어려움, 인프라 구축 미비 등의 이유로 쉽게 대답하지 않았다. 이번에도 역시 교장의 강한 요구로 조율을 했다. 인프라 구축이 미흡해 모든 시간 쌍방향 수업을 하면 정보가 제대로 전달되지 못한다는 지적이 있어 학년별로 하루 2회, 그리고 학습이나 생활 등에 지도가 필요한 부분은 오후 시간에 학생들과 쌍방향 접속을 통해 지도하기로 했다. 선생님들은 곧바로 기기 작동 방법을 익히고 쌍방향 수업을 진행해 나갔다. 수업을 진행하면서 "아이들과 소통하는 내용과 수업 방식이 '교사 중심'에서 '학생 중심'으로 변화되었다"라고 말을 하기도 했다.

코로나 시대, 새로운 길을 찾다

코로나 시대로 수업 방법에 대한 변화를 경험하면서 선생님들이 과감하게 도전한 것도 있다. 바로 쌍방향 수업을 통해 '국제 교류'를 시도한 것이었다. 그간 쌍방향 수업을 하면서 간간이 익혔던 플랫폼 활용 방법을 적용해 인도 국제학교와 영어를 공용어로 환경보호에 대한 국제 교류 수업을 진행했다. 다른 나라 사람들과 직접적으로 만나지 않더라도 플랫폼을 활용한 다양한 수업 방법과 정보를 공유할 수 있었던 뜻깊은 시간이었다.

선생님들의 발전 가능성은 무한하다. 선생님들의 도전은 끝이 없다. 교장인 내가 할 수 있었던 것은 정보를 활용할 수 있는 인프라를 지원하고, 다양한 활동을 적극적으로 지지하는 것이었다.

코로나가 시작된 원년은 선생님들에게도 새로운 문화를 시작해야 하는 한해였고, 학생들도 새롭게 학습하는 시점이 되었다. 학생

《뉴스세종·충청》에 실린 '원격수업에서 위드(With) 코로나 길을 찾다' 기사 내용

들은 새로운 경험으로 정보를 활용할 수 있다는 것을 알게 됐고, 선생님들은 정보 기기를 활용한 새로운 학습 방법을 고안해 냈다. 한 학생도 놓치지 않으려 고생한 우리 선생님들의 노력은 이것을 지켜보는 교장으로서 정말 감사함을 느끼게 한다. 이 자리를 빌려 우리 도원 선생님들께 고마움을 표한다.

교장실을 찾는 아이들

　어느 날 한 아이가 교장실 문을 빼꼼히 열고 머리만 들이밀고서 모기만 한 소리로 "교장 선생님…" 하더니 쭈뼛쭈뼛 다가와 내 책상 위에 슬그머니 쪽지를 놓고 갔다. 쪽지에는 '다행시'가 쓰여 있었다.

> 학 학교에서
> 교 교장 선생님이
> 폭 폭력은 안 된다고 했습니다.
> 력 역시 우리 교장 선생님 최고! 짱!

월요일 아침 조회 시간에 교내 방송으로 '폭력은 절대 해서는 안 되는 일'이라고 얘기했던 기억이 떠올랐다. 그 말을 그냥 지나치지 않고 기억하고, 지키려고 노력한 모습이 그저 아름답게 보였다. 게다가 다행시를 지어서 감사 인사를 전한 아이가 너무 기특하고 고마웠다.

학교에 있으면 때때로 편지를 받는다. 한번은 아무 날도 아닌데 편지를 받았다.

교장 선생님께

안녕하세요. 저는 2학년 3반 ○○이에요.
우리 학교를 지켜주셔서 감사하고
주차장에 나와주셔서 다음에도 도와주시면
감사하겠습니다.
우리 학교 1년 동안 잘 지켜주셔서 감사합니다.
고맙습니다.

2021년 9월 29일 수요일

생각지 못한 내용에 놀랐다. 아침에 교통정리 하는 모습을 봤던 것일까?

도원초등학교는 주택가에서 조금 떨어진 곳이 자리하고 있다. 걷기에는 제법 거리가 있는 학생들도 많이 다니다 보니 차량을 이용해 등하교하는 학생들도 꽤 있었다. 그래서 왕복 2차선인 학교 앞은 늘 차량으로 북적였다. 회차로처럼 차량이 돌면서 학생들을 내려주는 곳이 있었는데 차량이 몰리는 시간이면 차량들이 서로 뒤엉켜있기 십상이었다. 그래서 작게나마 도움이 되고 싶어 아침 등교 시간에 밖에 나가 교통정리를 해주었다.

아마 이 아이는 내가 교통정리를 하는 모습을 본 듯하다. 그러다 갑자기 고마운 생각이 들지 않았을까? 무지갯빛으로 크레파스를 칠한 편지지에 한 자 한 자 정성 들여 편지를 써왔으니 말이다. 아이들은 작은 것도 그냥 지나치지 않는다.

아이들은 사랑을 먹고 자란다
·····································

학교에 근무하고 있으면 아이들의 사랑을 많이 받는다. 아침에 출근할 때면 운동장 저 너머에서 그네를 타고 있던 아이들이 손을 흔들면서 "교장 선생님, 안녕하세요!"라고 한다.

점심 먹고 학교를 한 바퀴 돌고 있으면, 4층 창문 너머로 "교장 선생님, 사랑해요!"라는 소리가 들린다.

또 이런 학생들도 있다. 초등학교에는 돌봄교실이 있다. 돌봄교

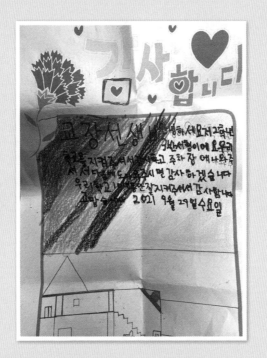

감사의 마음을 표현한 편지. 아이들의 편지를 받으면 힘이 난다.

실이 끝나는 시간인 4시가 넘으면 교장실 문을 '똑똑' 두드리는 소리가 들린다. 그리고 아주 쑥스러운 표정으로 들어와 "사탕 하나 주세요"라고 한다. 그럼 안 줄 수가 없다. 냉동실에 꽁꽁 얼려둔 초콜릿을 하나 꺼내주면 눈꼬리를 곱게 접으며 "고맙습니다"라고 답한다. 이 모습이 너무나 사랑스럽다.

학교 안에서 선생님들은 아이들의 사랑을 먹고 산다. 아이들도 분명 선생님들의 사랑을 먹고 산다. 학교는 사랑을 먹고 사는 곳이다.

세종교총을 리뉴얼하다

2018년 12월 어느 날 갑자기 걸어온 한 통의 전화는 나에게 많은 변화를 가져왔다.

"세종교총 회장직을 맡아 주셨으면 좋겠습니다."

나는 그저 1989년 발령 날 때 당연히 교총에 가입하는 것으로 알았고 그때부터 회비를 30년이 넘도록 내는 정회원이었다. 그런 나에게 교총 회장 제의는 뜻밖의 일이었다. 교총의 활동 내용을 피상적으로만 알았고 교총 회장에 대한 소신도 없었다.

주변 지인들의 회장직을 수용하라는 의견과 수용하지 말라는 의견이 6:4로 갈렸다. 잠시 고민한 후 이것도 교육에 봉사할 새로운 기회가 될 수 있겠다는 생각에 '그래 해보자!' 하고 승낙을 했다.

나는 일을 무서워하거나 일을 거부하는 성격은 아니다. 일을 계획하면 옆도 뒤도 보지 않고 그 계획이 성공할 때까지 직진하는 성격이다.

내가 세종교총의 회장 역할을 시작할 때 세종교총은, 이름은 '세종교총'이었지만, 아직도 법적으로 재정적으로 충남 소속에서 벗어나지 못하고 있었다. 내가 세종교총 회장직을 수락한 순간부터 내가 해야 할 일은 충남교총과의 분리와 세종교총의 법인화였다.

이 역할을 수락하면서도 내가 할 일이 어느 정도인지 가늠할 수가 없었는데, 세종교총이라는 상자를 열어보니 역시나 그리 간단한 일은 아니었다. 이는 그간 내가 교직 생활을 하면서 한 번도 해보지 않은 영역의 일이었다. 눈앞이 캄캄했다.

그래도 어쩌랴, 일단 시작했다. 가장 어려운 것은 조직을 꾸리는 일이었다. 내가 세종에 근무는 하고 있지만, 학교 밖의 사람들에게 그리 많은 관심을 두지 않았던 탓에 조직을 꾸리려 해도 쉽지 않았다. 그에 더해 교원 중에 세종교총에 관심 있는 교원들도 그리 많지 않았다.

이런 환경 속에서 세종교총 이사진을 꾸려야 했다. 짧은 인맥과 관심 부족으로 아는 교원들을 건너 건너 소개받아 '도와달라'고 부탁하면서 이사진을 꾸렸다. 그리고 세종교총의 전반적인 일을 같이 할 사무국장, 간사, 정책·홍보·연수·2030 등의 직책을 부여한 부서장팀을 구성했다.

세종교총 행복공감 화합한마당

세종교총이 정착되지 못한 상황에서 나에게 주어진 3년의 임기 동안 교총을 잘 이끌어가려면 부서장들의 도움이 필요했다. 부서장 회의는 매달 셋째 주 화요일에 했다. 세종교총에서 할 역할과 세종 교총 소식지, 각종 행사 등을 계획하고 진행했다. 부서장들은 나와 인연이 있는 교원들을 위주로 구성했기에 소통에 큰 어려움은 없었다. 3년을 쉬지 않고 매달 모여 회의하고 계획하고 행사 진행을 하면서 교총에 대한 애정과 열정으로 그 의미를 잃지 않으려고 노력했다.

세종교총에서 시작한 첫 번째 업무는 화려한 세종교총의 부활이었다. 그간 세종교총의 역할이 미비한 관계로 세종교총에 대한 이미지 쇄신이 필요했다. 정부세종컨벤션센터를 대여해 화려하지는 않지만, 합창 및 연주 등의 다양한 진행으로 단합의 시간을 가졌다.

두 번째는 충남교총과의 분리를 위해 TF를 조직하는 것이었다. 조직은 어차피 상호 간에 큰 의미를 두지 않지만, 재정적 분리가 시급했다. 회원들의 회비를 충남교총과 한국교총 두 곳에 납부하고 있었다. 일단 충남교총에 보내는 회비를 중단하고 재정적 독립을 위한 회의를 시작했다. 충남교총의 도움으로 그리 오래 걸리지 않아 재정적 분리를 하게 되었다. 전담반과 부회장님이 수고를 많이 해주었다.

세 번째는 세종교총의 법인화였다. 다른 시도 교총은 모두 단독 법인이다. 단독법인을 만들기 위해서는 세종교육청과의 교섭이 급선무였다. 교섭팀을 구성하고 교섭안을 만들고, 교육청과 협의를 진행했다. 교섭은 9월 중에 합의가 되었다.

네 번째로 진행한 것은 사무실 임대와 리모델링, 상근직원 선발이었다. 교섭으로 사무실 임대가 가능해지면서 시간을 다투어가며 10월 초까지 완성했다.

다섯 번째는 세종교총 단독법인 완성으로 '세종교총 개소식'을 했다. 충남교총과의 완전 분리로 세종교총의 자립이 시작되었다. 이를 기념해 '세종교총 배구대회'를 개최하면서 세종 교원들의 단합을 도모했다.

이 모든 과정이 취임한 지 1년이 안 된 2019년 10월까지 진행한 일이다. 시간과 정성과 노력을 같이 해준 당시 부회장, 사무국장, 간사, 부서장들에게 다시 한번 고개 숙여 고마움을 표하고 싶다.

학교에서 지역으로, 지역에서 대한민국으로

한 지역의 교육단체 운영은 그리 만만한 것이 아니다. 단독법인을 설립한 후에는 자립을 위한 방안들을 고민해야 했다. 회원 확보를 위한 참신한 계획안들을 마련해서 추진했지만, 그렇게 쉬운 일이 아니었다. 잠시 회원이 증가하는 듯했으나, 2020년 발생한 코로나는 회원 확보를 위한 행사 및 세종교총 참여 행사 모두를 무효화했다.

세종교총 배구대회 시상식

그러나 세종교총은 지분을 가진 교총 회원들이 함께하고 있는 단체였다. 회원들의 참여를 도모하기 위해 회원들이 자발적으로 참여할 수 있는 랜선 행사를 진행했으며, 안전수칙을 지켜 기간을 지정해 나이별로 나누어 행사를 진행했다. 또, 회원들의 복지 향상을 위한 MOU를 체결하고, 교권 보호를 위한 '속풀이 상담소'를 운영했다.

내가 세종교총 회장을 역임하면서 회원들의 사기를 높여주고, 회원들의 자긍심을 심어줄 수 있는 일들을 하려고 최대한 노력했지만, 미흡한 부분도 많았을 것이다. 후임 회장님들에게 그 노고를 부탁한다.

교총 활동을 하면서 가장 좋았던 것은 교육을 고민하며 세종교총의 기반을 함께 만들어가는 동반자들이 많아졌다는 것과 그들과 함께 교육 발전에 관심을 가지고 소통하게 되었다는 것이다. 또한, 전국의 교총 회장들과의 만남을 통해 교육을 바라보는 관점과 개선 방안 등에 관해 함께 고민하고 소통하는 관계를 전국적으로 확장했다는 것이다.

교육에 기반한 단체 활동을 하면서, 이전까지는 교육에 대한 나의 시선이 내가 근무하는 학교에만 머물렀다면, 이제는 세종시 전체를 보게 되었고, 대한민국의 교육활동으로까지 그 시선이 확장되었다.

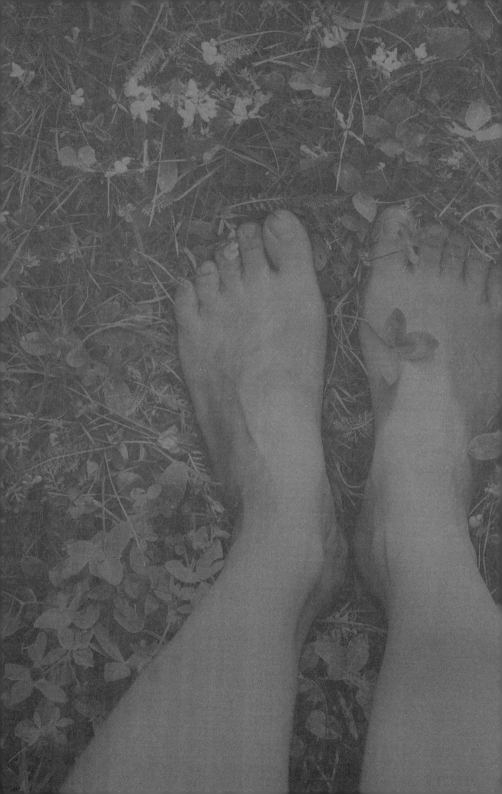

3부

꿈이 있는 사람은 멈추지 않는다

나를 계속
나아가게 만드는 것들

공부에 대한 열망

영원한 목마름,

대학에서 공부를 충분히 열심히 하지 않아서일까? 나는 배움에 대한 미련이 많다. '무엇을 할까?', '내가 가고 싶은 좌표는 어디에 놓아야 할까?'라는 생각이 들 때마다 다시 학교를 찾았던 것 같다.

1999년 어느 날 공부를 해야겠다는 생각이 아주 강하게 들었다. 그동안 영어 공부를 조금 했던 터라 '영어 교육'을 공부해보고 싶었다. 나는 항상 행동이 좀 빨랐다. 생각이 들면 바로 행동에 옮겨야 한다는 강박이 좀 있다. 어느 대학교가 중요한 것이 아니었다. 바로 공부를 시작할 수 있는 곳이어야 했다. 많은 무리수가 있긴 했지만, 방학에 다니는 계절학기가 아니라 주중에 두세 번씩 다녀야 하는 대학원을 선택했다.

그 당시 나는 임실에 살고 있었다. 그리고 내가 지망한 대학원은 익산에 있었다. 임실에서 익산은 왕복 2시간이 훌쩍 넘는 곳이었다. 야간에 몇 시간씩 수업을 듣고 늦은 밤 다시 운전해서 집으로 오는 생활을 몇 년 동안 했다. 지금 그렇게 공부를 하라고 하면 도망갈 듯하다. 그래도 결석하지 않고 성실하게 석사 과정을 마친 나에게 칭찬을 해주고 싶다.

늦깎이 박사

내 인생에서 공부는 여기까지라고 생각했다. '굳이 박사 과정까지 공부할 필요가 있을까?' 싶었다. 그런데 어느 날 정신 차리고 보니 내가 박사 과정 면접을 보고 있었다. 처음엔 탈락했다. 탈락하고 나니 '꼭 그 학교에 다녀야겠어!'라는 오기와 다짐이 생겼다. 다음 학기에 다시 도전했고, 합격했으니 공부하러 오라는 연락을 받았다.

석사 과정 이후 거의 20년 만에 대학의 교정을 밟아보는 것이었다. 수강 신청을 어떻게 하는 것인지, 책은 어디서 구입해야 하는 것인지 몰라 혼자 끙끙대었다.

첫 수업 시간은 통계학이었다. 논문을 쓰려면 통계를 해야 한단다. 일단 책이 영어로 쓰여 있었고, 한국어로 설명하는데도 너무나 어려웠다. 통계의 기본이 되어 있지 않았던 나는 교수님이 설명하는 언어들이 무척 어려웠다. 나는 통계를 교수님께 배웠다기보다 유튜브를 통해서 독학으로 배웠다. 통계 발표자료를 작성할 때도 유튜브의 설명을 들어가며 정리했던 슬픈 공부 역사가 있다.

눈물의 과제 발표

3학기에는 정책에 관한 강의를 들었다. 다양한 사례들을 보면서 새롭게 정책을 수립할 때의 목적과 공익성을 배우는 시간이었는데, 유독 정책 논문들을 읽고 발표하는 과제물 제시가 많았다.

어느 날 강의가 중반쯤 되었을 때, 교수님께서 간단한 과제물인 것처럼 과제 하나를 내셨다. "50~60쪽의 논문인데, 다음 주까지 준비해서 발표해 오실 분 계세요?" 아무도 답이 없었다. 나는 '영어로 쓰인 논문이 아니면 할 수 있겠지'라는 생각에 선뜻 "제가 해보겠습니다" 하고 손을 들었다.

그런데 집에 와서 논문을 찾아보니 한글로 쓰인 것이 아니었다. 하버드대 교수가 작성한 '개념 모델과 쿠바 미사일 위기(Conceptual Models and the Cuban Missile Crisis)'에 관한 논문이었다. 60쪽이나 되는 영어 논문을 어떻게 일주일 만에 읽고 발표까지 할 수 있단 말인가? 정말 난감했다.

논문 앞에 멍하니 앉아 이 일을 피해갈 온갖 방법에 대해 생각했지만 떠오르지 않았다. '도저히 못 하겠다고 교수님에게 전화할까?' 하지만 그러고 싶지는 않았다.

결국 '능력도 부족하면서 왜 그렇게 자신만만하게 손을 들었을까?' 스스로를 탓하며 논문을 읽기 시작했다.

배우는 만큼 성장한다

정책 논문은 교육이 아닌 사회 전반에 관한 것이기 때문에 평생교육에만 종사해온 내가 읽기에 생소한 내용들이 많았다.

우선 논문에 나오는 어휘를 이해하는 것부터 시작했다. 논문을 읽다가 이해가 되지 않으면 포털이나 유튜브에 검색하거나 다른 논문을 찾아 읽으면서 이해하려고 노력했다. 그렇게 일주일 밤을 새워 발표자료를 만들었다.

지금 생각하면 학술논문 쓸 때를 제외하고 이때 발표 준비를 하면서 공부를 제일 열심히 했던 것 같다.

발표를 하고 나니 교수님이 "길고 어려운 논문이었는데 발표를 잘하셨습니다"라고 칭찬을 해주었다. 역시 칭찬은 좋은 것이다. 그 칭찬에 일주일의 피로가 모두 날아갔으니 말이다.

그 뒤로도 그 교수님 수업에서는 격주로 논문을 읽고 그에 대한

대학원 시절 작성한 논문

발표를 했다. 논문과의 전쟁을 치렀던 강의였다. 그래도 덕분에 논문을 어떻게 작성해야 하는지에 대해 공부가 되었을 뿐만 아니라, 다른 논문들을 찾아 읽어내는 능력도 갖추게 되었다.

공부를 하면서 항상 느끼는 것은, 배움이란 새로운 것을 접해보는 것이고, 새로운 것을 접하면서 흥미를 갖는 것이고, 흥미를 가지면서 나를 발전시키는 것이다. 나의 성장을 위해 책을 읽고, 강의를 듣고, 자료를 찾아보는 그 모든 과정에 배움이 있다. 아직까지도 손에서 책을 놓지 않는 이유가 여기에 있다.

백문이 불여일견

내 몸엔 역마살이 많이도 깃들어 있는 듯
하다. 백문이 불여일견이란 것을 몸소 체험하기를 즐기고 있는 것을
보니 말이다.

나는 여행을 참 좋아한다. 그것도 혼자 하는 여행을. 마음이 잘
맞는 두세 사람과 훌쩍 떠나는 배낭여행도 좋아한다. 말도 안 통하
고 먹는 것이 시원찮아도 여행 그 자체를 좋아한다.

나는 호텔에 머무는 것도 좋아하지 않는다. 호스텔이나 펜션 등
에 머물며, 먹는 것에 구애받지 않고 편안하고 자유롭게 여행을 만
끽할 수 있는 숙소를 찾는다. 나의 이런 특성은 시골에서 거칠게 자
라면서 형성된 것이 아닌가 싶다.

고등학교 2학년 때 나는 부연대장을 했다. 그 당시는 교련 훈련을 검사하는 무시무시한 시절이었다. 교련 시간이면 여학생들도 구령에 맞춰 제식 훈련을 했다. 어느 날 제식 훈련 중 비가 내려서 학생들이 그만하고 들어가자고 했는데, 나는 마무리를 하고 들어가자고 했다. 그 당시 우리 체육복은 흰 바지였는데 그 흰 바지가 온통 흙탕물이 되도록 바닥을 뒹굴었다. 그렇게 제식 훈련을 마무리하고는 개울 물속에 들어가 개울물을 첨벙거리며 바지에 묻는 흙들을 털어내며 깔깔거리며 즐거워했다. 나의 어린 시절을 돌아보면 나의 자유스러운 몸짓들이 그렇게 키워진 것임을 알 수 있다.

내가 처음으로 여행을 시작한 것은 아들이 중학교 2학년이던 무렵이다. 아들의 사춘기를 여행과 함께하면 세상을 보는 시각이 넓어지고, 깊어지지 않을까 하는 선생의 기준으로 판단한 생각이었고, 여행도 고생스러워야 더 많이 배우는 것이라는 나만의 자만심도 있었다.

우리는 둘이 하는 첫 여행지를 유럽으로 정했다. 서유럽 일부와 북유럽을 18박 19일로 둘러보는 것이었다. 언어도 서툴고, 체력도 버텨줄지 걱정됐으나 충만한 열정만으로 무작정 출발한 여행이었다. 결국 여행 막바지인 핀란드에선 체력이 방전되어 거의 여행을 하지 못했다는 슬픈 추억이 있지만 말이다.

이를 시작으로 아들이 고등학교 2학년이 될 때까지 매년 가까이는 홍콩부터 멀리는 영국까지 여행을 했다. 이게 계기였을까? 결국 아들은 영국으로 대학을 가겠다는 결정을 했고, 영국에서 4년 동안 무지 고생하며 유학을 했다. 여행의 결과인지, 영국에서 학교에 다니면서 잠재적으로 배운 것인지는 알 수 없지만, 아들은 상당히 독립적으로 성장했다. 본인의 직업과 생활을 직접 설계하고 부모에게 의지하지 않으려고 노력하는 편이다.

자유여행의 묘미

자유여행을 하다 보면 실수가 자주 발생한다. 전주 어느 학교에서 교감으로 재직 중일 때 학교 선생님들하고 4명이 호주를 간 적이 있다. 큰 캐리어 가방들을 끌고 멜버른에 있는 숙소에 물어물어 도착했는데, 숙소 예약이 두 번 되어 있었다. 나는 취소했다고 생각했는데, 취소가 되지 않았던 모양이다. 우린 결국 숙박비를 두 번 결제했다.

한번은 필리핀 팔라완섬이 멋지다는 말을 듣고 무작정 출발했다. 마닐라에서 국내 공항 장소로 이동해 표를 구매하려는데 이미 출발했다고 했다. 하루 전날로 예약했던 것이었다. 결국 다시 표를 구입할 수밖에 없었다.

자유여행은 이런 실수들로 예산상 낭비가 더 많기도 하다. 그래도 나는 자유여행을 좋아한다. 자유여행은 가이드가 만들어주는 짜

아들은 세계 곳곳을 여행하고 결국 영국으로 유학을 갔다.

여진 일정처럼 많은 관광지를 두루 섭렵하는 일정을 소화하기는 힘들다. 그래도 자유여행을 포기하지 못하는 이유는 나만의 루트를 만든다는 점 때문이다.

파리에서의 일이다. 파리 여행 카페에 '예술의 다리에서 7시 이후에 와인을 마시자'는 공지가 올라왔다. 아들과 나는 마트에서 와인 한 병과 간단한 안줏거리를 사서 그곳에 찾아갔다. 파리에 여행 온 한국 사람, 프랑스에서 공부하고 있는 한국인들 10여 명이 모였다. 그곳에 모인 사람들의 사는 이야기를 들으며 여행의 또 다른 묘미를 느낄 수 있는 시간이었다.

호주 여행 때는 시드니 주변에 있는 본다이 해변을 찾았다. 그곳에서 우연히 찾아간 작은 음식점에서 먹은 닭의 풍미가 그대로 담긴 '치킨 샌드위치'의 고소한 맛을 지금도 잊지 못한다. 파리에서의 즉석 만남도, 시드니에서의 현지 맛집도 자유여행이었기에 가능한 일들이었다. 이 지면에 자유여행의 즐거움들을 어찌 다 담을까마는 즉흥적인 만남의 기쁨과 우연히 발견한 소소한 재미 등이 내가 자유여행을 그만둘 수 없는 이유가 아닐까.

또 나는 혼자 자유롭게 돌아다니는 것을 즐겨한다. 걷는 것을 좋아하기도 하고, 걸으면서 복잡한 생각들을 정리하고 결정을 할 수 있어서이다.

내 몸속 깊이 자리한 자유를 즐기고 그 시간을 행복해한다. 나의 여행은 이런 자유를 표현하는 수단이다.

나는 지금도 떠날 계획을 한다. 다음엔 뉴질랜드 트레킹, 독일에서 1년 살기, 미국 횡단 자동차 여행, 캐나다 횡단 기차 여행 등등 생각만으로도 가슴이 설레는 흥미로운 장소들이 내게 어서 오라고 손짓하고 있는 듯하다.

네팔 고르카에서의 봉사활동

굿네이버스 전문요원으로 활동하면서 해외 봉사활동을 할 수 있는 기회가 있었다. 장소는 네팔, 2015년도에 8.0의 지진이 난 고르카였다. 지진으로 인해 많은 사람들이 다치고 건물과 집안이 다 붕괴했다는 이야기를 방송에서 들었다. 그 현장은 카트만두에서 204km 떨어진 거리에 있었는데, 카트만두에 도착했을 때부터 혼란스러움이 느껴졌다.

네팔의 수도인 카트만두 공항에서 도심을 지나가는데 어느 한 곳도 도시다운 모습이 없었다. 우리가 생각하는 도시란 높은 건물도 있고 거리도 깨끗하고 차선도 질서정연하게 정리된 곳이다. 그러나 카트만두에 도착했을 때, 차가 오고 가는 길 방향만 있고 차선은 없었다. 차선이 없기 때문에 계속 차들이 엉켜 있을 수밖에 없었다. 그 사이로 사람들이 지나다녔고, 도로포장이 제대로 되어 있지 않아서 먼지는 그득하고, 넓지 않은 인도 그 너머에 형성된 시장에는 많은 사람들이 엉켜 있었다.

다음 날 고르카를 향해서 아침 일찍 출발했다. 204km면 세종에서 서울 가는 것보다도 가까운 거리였다. 그리 먼 곳은 아니었는데 안내하는 분들이 겁을 많이 줬다. "멀미가 있으신 분 미리 말하세요. 차를 타지 못하시는 분, 여기 길이 험합니다. 중간에 몇 번 쉴 테니까, 그때그때 말씀하세요"라는 얘기를 자주 했다.

카트만두 시내를 벗어나 고속도로라고 하는 곳을 향해 가는데, 아스팔트가 모두 패여 아스팔트인지, 흙길인지를 분간할 수가 없었다. 고속도로로 진입하는 길 옆에는 먼지를 가득 쓴 천막촌에 사람들이 드나드는 생경한 모습도 보았다.

천막촌을 지나 고속도로로 진입하는 순간부터가 고행이었다. 고속도로라고 하는 곳이 차선 없는 왕복 2차로였다. 도로가 빗물에 패여 웅덩이를 이루고 있고, 물이 넘쳐 흘렀던 흔적이 곳곳에 있었다. 도로 상태가 엉망이라 차는 빨리 달릴 수 없었고, 차가 쿨렁댈 때마다 뱃속이 불편해져 멀미하는 사람이 속출했다. 아침 일찍 출발한 고르카행은 해가 어둑어둑해질 때에야 도착했다.

차가 지나가기 힘들 정도로 험난했던 고르카행

네팔 해외봉사에서 만난 아이들

고르카에서 얻은 것들

거친 길은 고행을 알리는 신호였다. 다음 날 굿네이버스에서 지은 학교에 가기 위해 아침 일찍 출발했다. 역시나 도로 상태가 안 좋았다. 차 바퀴가 흙 속에 묻혀서 학교까지 버스를 타고 가기에는 무리였다. 우리들은 도중에 내려서 삼십여 분을 걸어갔다.

마침내 학교에 도착했을 때, 학교 진입로부터 환영의 꽃을 들고 있는 인파에 우리는 감동을 했다. 그리고 잠시나마 그런 흙길에 대해 불편해했던 마음이 미안했다. 깨끗한 교실과 화장실이 갖추어진 학교를 보니 흐뭇해졌고, 굿네이버스에 고마웠다. 학생들은 천진난만하고 표정이 밝았다. 나 어렸을 때 표정과 똑같았다. 이 학교에서 만난 학생들 모두가 영어로 말을 했다. 그래서 유심히 영어책을 살펴봤는데, 1학년의 영어책이 우리나라 5학년 수준의 영어책이었다. 영어 교육에 대한 방향 개선이 필요하다고 생각했다.

당일 오후에는 굿네이버스에서 지원하는 아이들을 만나러 갔다. 한 팀에 5명씩 구성했는데, 우리 팀은 세 가정을 만나기로 했다.

아이들이 사는 곳은 학교보다 훨씬 외진 곳에 있었다. 그만큼 도로 상태도 더 안 좋았다. 차가 들어가지 못하는 곳부터 남은 길을 걸어갔는데, 빗물에 흙이 모두 씻겨 내려가서 뾰족뾰족 바위만 남은 길이었다. 잘못해서 넘어지면 그대로 병원을 가야 할 정도라 가는 내내 긴장을 늦출 수 없었다.

이렇게 동네와 동떨어진 곳에 열악하게 살고 있는 학생들을 만나면서도 마음이 아프지는 않았던 이유는, 학생들뿐만 아니라 가족들도 모두 밝고 친절했기 때문이었다. 마음이 따뜻한 사람들을 만나면서 도리어 내 마음이 흐뭇해졌다. 카트만두로 다시 돌아갈 그 길이 걱정되기는 했지만, 그 먼 길을 찾아갔던 그 시간이 결코 헛되지 않았다는 생각이 들었다. 참으로 가슴 따스한 시간이었다.

관성으로만 살아갈 것인가?

우스갯소리로 하는 얘기 중에 버스 운전 기사가 갑자기 브레이크를 밟으면 뒤쪽에 앉아있던 승객이 운전사에게 달려와서 '저 부르셨어요?' 한다는 이야기가 있다. 달리기를 하다가 결승선에서 멈추지 못하고 계속 달리는 현상, 벽에 걸린 두루마리 화장지를 갑자기 당기면 끊어지는 현상 등 모두 관성의 법칙에서 나오는 예들이다.

나는 여행을 많이 좋아한다. 특히 누구에게도 방해받지 않고 움직일 수 있는 자유여행을 좋아한다. 그렇다 보니 아무래도 처음 가본 도시, 처음 들러본 거리, 처음 들어본 언어, 낯선 풍경, 낯선 사람들과 자주 부딪히곤 한다.

예전 유럽 여행을 했을 때다. 첫 도착지가 독일이었는데, 그곳에서 4일을 머물렀다. 그리고 그다음 여행지인 덴마크로 이동했는데, 코펜하겐 역에 도착하니 주변에서 들려오는 소리가 너무 낯설게 느껴졌다. 당황스러워 어찌할 바를 모르고 긴장과 두려움으로 가슴이 두근거려서 그 상황에서 벗어나기 위해 편안한 장소를 찾아 급히 움직였던 때가 생각난다. 독일에서 머문 것이 비록 며칠이었지만 그사이 언어와 거리 풍경들에 익숙해졌었나 보다. 안정감과 친밀함과 익숙함이 관성이 되어버려 새로운 것에 대한 두려움이 일어났던 것 같다.

《습관의 힘》이라는 책에서 읽은 내용인데, 스타벅스에서는 직원들의 의지력을 강화하는 훈련을 한다고 한다. 직원이 곤란한 상황, 예컨대 고함치는 손님이나 계산대에 손님이 길게 늘어선 상황에 부딪혔을 때 활용할 수 있는 행동을 자세히 설명한 프로그램을 개발해 직원들이 특정한 신호에 몸이 자동적으로 반응하도록 훈련시키는 것이다.

직원이 스타벅스에 출근한 첫날 관리자는 스타벅스 훈련 교본을 펼치고, '손님이 불만을 제기하면 내 계획은_____이다'라고 쓰인 곳에, 불쾌한 상황들이 발생할 경우 어떻게 대응할 것인지를 다양하게 기록하도록 한다. 비난을 받았을 때, 정신없이 바쁠 때 주문을 받는 경우, 커피만 주문하는 손님인 경우 등등 다양한 상황에서 역할극을 시도하고 자신만의 계획을 거기에 적어두고, 몸에 밸 때까지 몇 번이고 반복해서 연습한다. 이것은 의지력이 습관으로 변하는 과정이라고 한다. 그들은 신호에 대응하는 방법을 미리 결정해 두고, 그 신호가 나타나면 반복 행동이 뒤따르게 훈련을 했다. 이런 의지력 훈련 덕분에 스타벅스는 이직률이 줄어들었고, 고객의 만족도는 향상되었으며 당시 연 매출이 약 1억 3,000억 원을 넘어섰다고 한다.

관성을 거스르는 힘

고대 로마 작가인 푸블릴리우스 시루스(Publilius Syrus)는 "시도하기 전까지는 자기가 무엇을 할 수 있는지 아무도 모른다"라고 말했다. 관성의 법칙에 따라 정지된 물체는 계속 정지하려는 성향이 있고, 움직이는 물체는 계속 움직이려는 성향을 지닌다. 관성은 서 있는 자동차에 비유할 수 있다. 누군가 움직이도록 힘을 가하지 않는 한, 차는 계속 그 자리에 서 있게 된다. 하지만 일단 굴러가기 시작하면 계속 혼자서 굴러간다. 힘을 가하면 속도도 붙는다. 바로 가속도의 법칙이다.

우리 두뇌에도 같은 원칙이 적용된다. 관성에 사로잡힌 마음은 굴러가도록 힘을 가하지 않는 한 계속 머무르려 한다. 하지만 일단 힘을 받으면 가속도가 생겨 스스로 움직이는 멋진 상태에 도달한다.

물론 이런 마음 상태는 돌리기만 하면 물이 콸콸 나오는 수도꼭지처럼 즉시 만들어지지 않는다. 경주용 자동차를 구석구석 세심하게 손보듯, 우리 마음속 엔진도 발동을 잘 걸어줄 필요가 있다.

익스트림 스포츠를 즐기는 사람들의 경우 관성에 젖은 생활의 단조로운 패턴을 바꿔보고 싶은 욕구가 많다고 한다. 오늘도 나는, 관성에 젖은 나의 생활에 어떤 변화를 줄지 고민해본다.

우리 병선이

어느 날 메시지가 하나 왔다. "선생님 잘 지내시지요? 그동안 연락을 못 드려서 문자 드려요. 저는 잘 지내고 있어요. 전주는 언제 오세요? 오시면 연락 주세요."

문자를 보낸 병선이는 봉천초등학교에서 근무할 때, 함께 공부했던 아이다. 아이라고 하기에는 이미 사십 대를 훌쩍 넘겼지만 말이다. 초등학교 때는 특별하게 눈에 띄는 아이는 아니었다. 항상 조용하고 점잖고 그런 아이였다. 그러다 중학교에 가면서 수영을 시작했다. 병선이가 간 중학교에 수영부가 있었는데 수영부에 선발되었던가 보다. 수영을 하면서 키가 부쩍부쩍 크고, 대회에 나가서 상도 받더니 전주에 있는 체육고등학교를 갔다. 고등학교에서는 수구 선수로 방향을 전환했고, 실업팀에 들어가서 수구 선수로 활동하다가 지금은 전북체육고등학교에서 체육 선생님으로 근무하고 있다.

어느 날은 병선이에게 전화가 왔다. "선생님 저희 모여가지고 맥주 한잔 하고 있어요. 선생님 저희 안 보고 싶으세요?" 세 명이 모여 맥주를 마시고 있다고 했다. 병선이, 주련이, 태규. 전화를 돌려가며 통화를 했다.

벌써 그때가 언젠가. 이 친구들하고 봉천초등학교에서 생활한 시절이 1993년에서 1995년도까지였다. 그럼 지금부터 거의 30년이 되어간다. 언뜻언뜻 들려오는 이 친구들의 소식을 들으면, 그 당시 함께했던 리코더 연습의 한 장면이 떠오른다.

우리 가곡 〈보리밭〉을 대회 출전연습곡으로 정했다. 〈보리밭〉 가곡이 나한테는 익숙했지만 그 시골 아이들한테는 익숙한 곡이 아니었다. 생소한 노래를 연습시키려니 가르치는 나도, 배우는 학생들도 힘들어했다.

노래의 리듬을 익히는 것이 제일 어려웠다. 나는 아이들이 노래에 빨리 익숙해지도록 하기 위해 아침시간과 점심시간마다 방송으로 노래를 들려줬다. 아침에도 "보리밭 사잇길로~", 점심에도 "보리밭 사잇길로~". 왜 학교 방송 장비를 이용했냐면, 봉천초등학교에는 총 40여 명의 학생이 있었는데, 그중에 4, 5, 6학년은 합해도 20여 명밖에 되지 않았다. 학생들이 모두 다 듣고 음을 익숙하게 해야 했는데 같은 학년, 같은 반으로 구성된 합주단이 아니었기 때문에 방송으로 노래를 튼 것이다.

아이들이 노래에 익숙해졌을 때 본격적인 연습을 시작했다. 소프라노, 알토, 베이스 리코더 하나하나 음을 맞추고, 소리를 합하고, 그 소리가 노래가 될 때까지 정말 수도 없이 연습했다. 이때의 수많은 연습 시간이 쌓여 아이들하고의 친밀감도 깊어졌다.

"애들아, 잘 지냈어? 다른 아이들도 잘 지내고 있지?"

"선생님, 보고 싶어요. 저희 망년회 해요!"

코로나 시대가 끝나고 나면 이 아이들부터 만나야겠다.

사
랑
해
수

"선생님, 저 전주에서 10월에 공연 있어
요. 오실 수 있으시지요?"

어느 날 오후 갑자기 걸려온 전화이다.

트로트 가수인 아라는 현재 '해수'라는 활동명으로 활동하고 있
다. 아라는 전주에 있는 초등학교에서 내가 6학년 담임을 하고 있
을 때 만난 아이이다. 나는 6학년 4반을 담임하고 있었고, 이 아이
는 6학년 1반이었다. 그러던 어느 날 오후부터 "난 선생님이 좋아요"
라면서 6학년 4반으로 매일 출근 도장을 찍었다.

이 친구는 초등학교 5학년 때부터 판소리를 했는데, 학교 강당에
서 공연할 때 보면 워낙 목청이 좋아 오랫동안 수련을 한 듯해 보였

다. 그러더니 전주예술고등학교 국악부로 입학을 했고, 한국예술종합학교 국악과에 합격을 했다. 시간이 흘러 학교가 바뀌고, 내가 근무하는 근무지가 바뀌어도 "선생님, 아이스크림 사주세요", "선생님, 저희 배고파요"라며 항상 연락을 해왔다. 그렇게 먹을 것을 사주면 맛있게 먹으며 친구 이야기, 공부 이야기, 대회 나간 이야기, 학교 선생님 이야기 등 끊임없이 이야기를 들려주곤 했다. 이렇게 수다로 시간을 보내다가 헤어질 때면 없는 돈을 모아서 산 수첩이나 핸드크림 등을 내 손에 꼭 쥐어 주었다.

아라가 대학생이던 어느 날, 휴대폰이 요란하게 울리더니 "선생님, 저희 어디게요? 저희 지금 제주도예요. 미래랑 둘이 오토바이 타고 제주 돌고 있어요!" 신이 나서 자랑을 한다. 비를 흠뻑 맞고 오토바이를 탈 수밖에 없었던 이야기, 차들이 너무 많아 겁이 난다는 이야기 등등. 이 친구의 싱그러운 목소리에 이야기를 들으며 웃음을 짓곤 했다.

그러다 이 친구가 가수를 하겠다고 시작했던 것이 대학 졸업 무렵이니, 벌써 5년은 다 된 듯하다. 현직 유명한 트로트 가수를 '이모'라고 부르면서 다니며 꿈을 키웠다. 목청이 좋은 친구이니 바로 유명 가수가 될 줄 알았다. 그런데 쉬운 것은 아니었나 보다. 수시로 연락을 하던 친구가 트로트 가수라는 세계로 전업을 하면서 연락이 뜸해졌다. 일 년에 한 번도 연락을 안 한 적도 있던 것 같다.

그러다 어느 날 연락이 와서 전주 공연을 보러 오라고 했다. 공연

전주 공연장에서 해수를 응원하는 모습

3일 전이었다. 이미 선약이 있어 잠시 머뭇거리는데, 그래도 공연을 보러 왔으면 좋겠다고 했다. 사랑하는 제자의 공연이니 당연히 가야 하는데, 잠시 머뭇거렸던 나를 잠시 질책을 하고는 "그래, 꼭 공연 보러 갈게" 답하고 선약을 취소했다.

공연장을 가니 친구인 미래가 나를 기다리고 있었다. '사랑해수' 가 찍힌 플래카드도 주었다. 한 방송국에서 젊은 트로트 가수 10명 을 선정해서 1년간 지원을 하는 프로그램이 있었는데, 이날이 1년 을 마무리하는 공연이었다. 그렇게 선정된 가수들 속에서 제 재능 을 뽐내며, 1시간여를 노래에 맞춰 춤을 추고 연극도 아주 잘 소화 하는 것을 보면서 '아, 이제는 정말 가수구나!'라는 감탄사가 절로 나왔다. '사랑해수'가 찍힌 플래카드를 흔들며 열심히 응원했다. 공 연이 끝나고 해수 어머니를 만나서 "이제는 정말 가수가 되었어요. 정말 수고하셨습니다" 했더니 흐뭇해하셨다.

공연이 끝나고 해수를 만나 안아주고, 등을 토닥여주면서 "해수 가수님, 축하드려요!" 했더니 배시시 웃으며 아직 갈 길이 멀었다고 겸손해했다. 사람들에게 알려지기까지 아직 시간이 걸리겠지만 그 래도 이제 우리 아라, 아니 해수가 첫발을 내디뎠으니 훌륭한 가수 로 성장하리라 믿는다. 해수가 열심히 노력하는 만큼 많은 사람을 위로해주는 훌륭한, 유명한 가수가 되길 나도 매일 기도한다.

멋진 아들, 재혁

　　　　　　　　나는 집안 살림이나 육아에는 재능이 없
었다. 그 시간에 일을 하라고 하면 일에 더 열중하는 편이다. 아이가
9살이 될 때까지 친정 엄마가 같이 살면서 육아와 살림을 도와주셨
다. 엄마가 시골로 내려가시고 본격적으로 살림을 하면서 일과 집안
일을 겸한다는 것이 쉬운 일이 아님을 몸소 겪었다.

　나는 아침밥은 꼭 먹어야 한다는 것을 철칙처럼 여겼다. 그래서
아들이 고등학교 졸업할 때까지는 아침밥은 굶기지 않았다. 그런데
나는 밥을 준비해주는 것 외에는 썩 훌륭한 엄마는 아니었던 것 같
다. 아들은 학원에 다니지 않았다. 태권도와 피아노 학원에 잠깐 다
니고 더 이상 다니기를 원하지 않았다. 아들이 싫어하니 굳이 더 권

하지는 않았다. '언제가 본인이 원하는 것이 있으면 잘하지 않을까' 라는 생각으로 말이다.

그래서인지 성적이 좋지 못했다. 아들이 5학년일 때 학교에서 매주 토요일마다 영어 단어시험을 봤는데, 단어를 쓰지 못하고 있으면 옆 친구가 잔소리를 하며 단어를 알려주기도 했단다.

초등학교 졸업할 무렵엔 조금 걱정이 되었다. '중학교에 입학해서 영어 단어조차 알지 못하면 어떻게 하지?'라는 걱정이 들었다. 아들에게 "엄마는 네가 중학교에 들어갔는데 영어 단어조차 알지 못하면 어쩌지, 하고 걱정돼"라고 말하면서 단기간 속성코스인 학원에 다니면 어떻겠냐고 제안했다. 그때는 순순히 그러겠다고 했다. 아마, 본인도 속으로는 걱정이 좀 되었나 보다. 초등학교 졸업할 때까지 모습을 봐온 나는 단기 과정을 잘 다닐 수 있을까 하고 걱정했는데, 그래도 5주간의 수업을 빠지지 않고 꽤나 열심히 다녔다. 그 후에는 아들에게 공부하라는 말을 그리 많이 하지 않았던 것 같다. 그때까지도 아들은 공부에 그리 흥미를 느끼지 않았다.

중학교 1학년 때 집 앞에 있는 수학 학원에 보냈었다. 나름으로 열심히 했다. 그 수학 학원 선생님이 스파르타식으로 공부를 시킨 듯했다. 중학교 1학년 첫 번째 중간고사 수학 시험 결과가 나쁘지 않았다. 그래서 나는 속으로 '앞으로 더 열심히 하면 되겠군' 하며 안심을 했다. 그런데 아들이 학원을 그만 다니고 싶다고 했다. "엄마, 수학 학원이 나를 너무 힘들게 가르쳐. 나 수학 학원 다니기 싫어." 그러더니 그다음부터 수학 학원에 다니지 않았다. "성적이 잘 나왔으니, 수학을 더 열심히 하면 어떨까?"라고 말해도 막무가내였다. 고집을 부리면 공부를 해도 효과가 나지 않는다는 것을 알기에 "그래, 그럼 그만둬"라고 했다. 집에서라도 학교 공부를 열심히 했으면 좋았겠지만 아들은 그러지 않았다. 공부를 하지 않으니 성적도 다시 고만고만하게 나왔다. 중학교 졸업 때까지 이런 과정이 반복적으로 지속되었다.

프로게이머 제안을 받다

아들이 군대에서 휴가 나온 어느 날, "엄마, 나 고등학교 졸업할 무렵에 프로게이머 회사에서 프로게이머 제의를 받았어"라는 얘기를 했다.

아들은 고등학교를 집에서 차를 타고 1시간이 넘게 가야 하는 곳으로 배정받았다. 중학교 졸업생 중에 그 학교에 배정된 친구가 하나도 없었다. 아침마다 등교 전쟁이 시작되었다. 처음엔 일반 버스를 타고 다니다가 힘들다고 통학버스를 이용했다. 그러다 아침에 늦잠을 자게 되는 날이면 "엄마" 하고는 현관 앞에 서 있었다. 학교까지 데려다 달라는 이야기이다. 그 당시 나는 전라북도교육청에 근무하고 있었다. 보통은 아들을 학교 보내고 나서 준비해서 출근하는

데, 아들이 그렇게 서 있으면 서두를 수밖에 없었다. 그렇게 서둘러 등교시키고 교육청에 도착하면 온갖 진이 다 빠져 넋이 나간 사람처럼 된다. 어떤 날은 차에서 내리지도 못하고 한동안 앉아있다가 사무실에 들어가곤 했다.

이뿐이 아니다. 하교 시간이 되면 전화가 온다. "엄마, 오늘 야자 하기 싫어", "엄마, 나 학교에서 나가야 하는데 차가 없어", 엄마, 엄마, 엄마…. 엄마는 어쩔 수 없다. 너무 바쁘면 택시를 타라고 했다가, 버스 타고 집으로 가라고 했다가, 직접 차를 몰고 데리러 가기도 했다. 이렇게 하고 나는 다시 사무실로 들어갔다. 아직 사무실 일이 마무리되지 않아서다. 보통 사무실에서 퇴근하는 시간이 9시 정도였다. 이러니 아들을 돌봐줄 시간이 없었는데, 우리 아들은 이 시간에 컴퓨터 앞에 앉아 있었던 것이다.

어느 날 저녁은 12시가 다 되어도 들어오질 않았다. 그럴 땐 메시지를 보내놓는다. "어디야? 몇 시까지는 집으로 와라". 아들에게 어디에 있었는지, 게임을 도대체 얼마나 한 건지 등등의 잔소리를 하는 것은 의미가 없는 일인 줄 알기에 일일이 잔소리는 하지 않았다. 그저 약속한 시간과 내용은 지키도록 요구를 많이 했던 것 같다. 그래도 게임을 하다가 늦는 날이 줄지는 않았다.

아들은 게임에서 헤어나오지 못했다. 방에서 게임을 못 하게 하면 방문을 닫고 게임을 했다. 우리 집은 지금도 마찬가지지만, 방문을 모두 열어두고 산다. 문을 닫기 시작하면 가족 간의 소통이 단절

된다고 생각했기 때문이다. 결국은 아들도 게임을 하기 위해 나와의 조건을 이행하고서야 방문을 열고 게임을 하곤 했다. 그래서 지금은 게임을 안 하냐고 물으면, 그렇지 않다. 어릴 때처럼 마냥 게임 시간이 길지는 않아도 삶의 잔재미로써 게임을 즐겼다.

그랬는데 프로게이머 제안이라니. 난 뒤통수를 얻어맞은 듯했다. '아니, 그 정도로 게임을 잘했었단 말이야?' 그러니 공부는 언제 했을까?

여하튼 아들에게 "그런데 그 제안을 거절한 이유가 뭐야?"라고 물으니, "프로게이머는 전문가로 길게 가기가 쉽지 않아"라고 대답했다. 그때야 알았다. 우리 아들이 고민이 전혀 없는 것은 아니었다는 것을.

영국 유학길에 오르다

수능을 치르고 났는데, 서울에 있는 대학을 갈 정도는 되었지만, 엄마인 나나 당사자인 아들이 원하는 대학을 갈 수 있는 정도는 아니었다. 잠깐 고민을 했다. 서울에 있는 대학을 가는 것도 지방에서는 유학을 보내야 하는 입장이니 경제적 부담이 안 될 수 없었다. 그래서 "아들, 유학 가는 건 어때?" 하고 외국 유학을 권했다. 대학 선택의 불안함 때문에 한참 심기가 불편했던 아들이 "그래 볼까?" 했다. 나는 곧바로 유학원에 문의하고 아들과 상담을 받으러 갔다. 눈이 펑펑 내리는 날 오후, 아들을 유학원 근처로 오라고 했는데, 장소를 헤매고 짜증이 극에 달한 상태로 도착했다. 유학 간다는 불안함과 한국을 떠난다는 긴장감 때문이었으리라. 나도 바쁜 시간을 쪼개어 나갔는데 짜증만 내는 아들에게 심적으로 힘들었지만, 어쩌랴, 좀 더 나를 다독여야지.

상담실을 나오고 본인이 유학을 가야 한다는 사실을 받아들이고부터는 본격적으로 유학 준비를 했다. 유학에 필요한 영어 점수에 도달하기 위해 매일 영어 공부에 매달리고, 정보능력자격증 취득을 위해 시내버스를 타고 다니며 꾸준히 노력했다. 본인이 해야 하는 일에 게으름을 피우지 않는 모습이 대견했다. 이래저래 3개월 준비해 영국으로 유학의 길을 떠났다.

유학 첫해는 정말 열심히 살았다. 영어 공부도 열심히 하고, 과제물도 빼지 않고 엄마인 내가 본 중 제일 열심히 살았던 때였던 것 같다. 그런데 다음 해에는 리포트를 제출하지 않은 과목이 3개여서 수료증이 나오지 않는 상황이 되었다. 상황을 정리하기 위해 한참이나 아들과 전쟁을 벌였던 그때를 생각하면 정말 아찔하다. 결국 처음 학교를 잘 마무리하고, 영국 중부에 있는 코벤트리 대학으로 편입했다. 그곳은 한국인 학생이 없어 학교생활이 재미가 없다고 했다. 그 덕분인지 코벤트리에서는 단기간에 학업을 마치고 한국으로 돌아왔다.

일련의 영국 유학 생활은 아들에게는 상당히 힘든 과정이었다. 그리 풍족하지 못하게 생활비를 보냈기 때문에 여유롭지 못했다. 가끔 책을 못 산다고 해 생활비에 책값을 보태서 보내주기도 했다. 처음에 영국에 도착해서는 쉐어룸에 살면서 같이 밥도 해 먹고 그랬는데, 시간이 지날수록 냉동식품으로 끼니를 때우며 생활했다고 한다.

스스로 만들어가는 삶

그렇게 험난한 유학 생활을 마무리하고 한국에 들어와서 군대에 갔다. 제대하고도 한동안 방황했다. 물론 스스로 '앞으로 어떻게 살아갈 것인가?', '어떤 직장을 잡는 것이 좋은 것인가?' 등등 진로에 대한 고민을 많이 했다. 그런데 고민만 하지 결과물이 나오지 않아 옆에서 보는 내 마음이 더 애탔던 때가 있었다. 난 스스로 최면을 걸었다. '그래, 사람이 직선으로 갈 수도 있지만, 곡선으로도 갈 수 있고, 돌아서 갈 수도 있지. 인생이란 원래 그런 것이지 않나?'라며 나를 다독였었다.

언젠가부터 내 휴대폰에 아들 이름을 '멋진 아들'로 저장해 두었다. 학창 시절 부모가 원하는 방향대로 학교생활을 하지 않았던 아들과 함께 지내면서, 나 스스로 힘겨워했던 마음을 바꾸기 위해서였다. 아들을 바라보는 나의 눈이 긍정적으로 바뀌도록 외관을 먼저 바꿔봤다. 그런데, 어느 날부터인가 이름만 멋진 아들이 아니라, 목표를 세우고 목표를 달성해가고, 직장에서 자신의 몫을 해나가는 진짜 멋진 아들이 되어 있었다.

인생에 있어서 정답은 없는 것 같다. 엄마인 나는 그저 아들이 걸어가는 길을 옆에서 묵묵히 응원할 뿐이다. 아직도 아들한테는 무엇이든 할 수 있는 기회와 가능성이 무궁무진하다.

단란하고 화목한 우리 가족

더 나은 미래를
만들기 위해

첫 번째 사회

학교라는

지금은 '선 긋기' 시간이다. 초등학교 1학년 학생들은 아직 손에 힘이 없어서 글씨가 예쁘게 써지지 않기 때문에 색연필로 반듯한 선, 조금 굽은 선, 동그라미 선, 달팽이 선 등을 따라 그리는 것부터 시작한다.

어떤 아이는 파란 색연필로 파도처럼 흔들리는 선을 그리고 있다. 어떤 아이는 주황색으로 반듯한 선을 그리고 있다. 책에 눈을 고정한 채, 잘 따라 그리고 싶어서 색연필을 쥔 손에 힘이 들어간다. 힘을 너무 줘서 색연필이 부러지는 일도 종종 있다. 여기저기서 낑낑대며 따라 긋기를 하느라 여념이 없는 교실 풍경이다.

엄마가 보고 싶은 아이들

그때 "잉잉잉…" 하는 소리가 들렸다. 교실 뒤쪽에 앉아있는 태주의 소리였다. 무슨 일인가 싶어 선생님이 태주 곁으로 갔다. 태주에게 무슨 일이냐고 물어보려 고개를 숙인 선생님이 깜짝 놀란 표정을 지었다. 태주가 '키즈폰'에 입을 딱 붙이듯이 가까이하고 울고 있는 것이었다.

수업 시간에 엄마에게 전화해 "엄마 보고 싶어요. 엄마가 데리러 와주세요"라고 말하고 있었다. 선생님은 "태주 어머니, 지금은 수업 시간이니 나중에 연락드릴게요"라고 말하고 전화를 끊었다.

그 광경을 지켜보던 반 친구들은 갑자기 놀란 표정으로 태주를 잠시 바라보았다. 태주도 무안했던지 고개를 숙인 채 책상만 바라보고 있었다. 선생님은 태주의 손에 색연필을 쥐여 주고 반듯한 선부터 따라 그리는 방법을 알려주었다.

그런데 태주가 엄마가 보고 싶다고 하니 다른 친구들도 엄마가 보고 싶었나 보다. 옆자리에서 태주가 하는 모양을 가만히 쳐다보던 수현이도 "나도 엄마 보고 싶다"라고 한다. 오늘 선 긋기 수업은 힘들겠다.

선생님은 교탁으로 돌아가 재미있는 색깔 노래를 틀었다. 아이들이 더 이상 엄마 보고 싶은 생각이 들지 않게 분위기를 바꾼 것이다.

빨강(짝) / 노랑(짝)

손을 잡고 빙글 돌아 주황(짝)

노랑(짝) / 파랑(짝)

손을 잡고 빙글 돌아 초록(짝)

노래에 맞춰 박수를 치고 나니 공부할 수 있는 분위기로 바뀌었다. 선생님은 얼굴에 미소를 지으며 속으로 '귀여운 것들' 했다.

엄마와 떨어지는 연습

이런 일이 꼭 교실에서만 일어나는 해프닝은 아니다.

쉬는 시간이 끝나는 종이 울려 여기저기 교실로 뛰어드는 소리가 요란했다. 그때 다급하게 "선생님, 선생님!" 하며 부르는 소리가 들린다. 그러더니 "선생님! 화장실에서 누가 울고 있어요" 한다.

아이들에게 자리에 앉아있도록 하고 남자 화장실로 달려가 보니 화장실 문을 잠그고서 울고 있는 아이가 있었다. "무슨 일이니?", "왜 그래?", "선생님이 뭘 도와줄까?" 여러 번 물어본 끝에 화장실 문을 열고 빠끔히 얼굴을 내보인다.

"엄마가 보고 싶어요."

또 이런 일도 있었다. 얼마 전 돌봄교실 앞에서 덩치가 제법 큰

1학년이 전화기를 귀에 대고 속삭이고 있었다. 옆으로 살짝 귀를 기울이니 엄마에게 하는 전화였다. 지금 돌봄교실에서는 간식 시간이 시작된 참이었는데, 간식보다는 엄마하고 통화하고픈 모양이다. 전화기 너머에서는 엄마의 다급한 소리가 들렸다.

"무슨 일인데? 무슨 일 있는 것은 아니지?"

이 친구는 엄마의 물음에는 답을 하지 않고 제 얘기만 한다.

"아니, 그냥. 집에 가고 싶어."

전화기 너머에서는 잠깐의 침묵이 흘렀다. 아마도 돌봄교실 잘 마치고 저녁에 집에서 만나자고 하는 말인 듯했다. 옆에 있는 나를 의식해서인지 서둘러 전화를 끊고는 돌봄교실로 들어갔다.

돌봄 선생님께는 아이가 집에 가고 싶다고 엄마에게 전화를 했다고 넌지시 얘기해주었다. 창문 너머로 보니 돌봄 선생님은 아이의 어깨를 토닥거리며 꼭 안아주고 있었다.

하기야, 엄마 손 잡고 등교하는 아이들 중 태반은 현관에 도착해서 들어가기 싫다고 징징거린다. 도저히 달래지지 않는 아이는 교장실에 데려와 사탕을 쥐어주는데 사탕을 받고 교실로 가도 교실 앞에서 집에 가고 싶다고 또 징징거린다.

집에 가고 싶다고 우는 아이와 이를 어르고 달래는 부모와 선생님들, 3월 초 학교의 흔한 풍경이다. 아무래도 유치원보다 자유롭지 못한 환경을 참아내는 것이 힘들긴 한가 보다. 3월 한 달은 아이들이 육체적으로도, 정신적으로도 학교라는 사회에 적응하느라 고생하는 달이다. 이 시기만 무사히 넘기면 아이들은 금세 학교에 있는 친구들을 찾고, 선생님을 만나고 싶어 하며 또 다른 사회를 받아들이기 시작한다.

부모라는 울타리가 없는 곳

이번 주는 학부모 상담이 있는 날이다. 학부모 상담을 하는 기간은 보통 일주일로, 가정통신문을 통해 미리 상담 날짜, 시간 등을 예약받는다.

보통 상담은 연 2회 실시한다. 봄에 학기를 시작하면서 한 번, 2학기 9월 말쯤 한 번. 이렇게 두 번을 하는 이유가 있다. 3월 말이나 4월 초에 실시하는 상담은 학부모로부터 학생에 관한 이야기를 듣기 위해서다. 교사들은 아직 학생에 대한 파악이 되지 않은 상황이다. 부모님과의 관계, 친구들과의 관계, 식사할 때 주의할 내용, 학습은 어떠한지, 학원에서의 생활은 어떠한지 등 아이에 관한 이야기를 듣고 그 학생에 관한 다양한 준비를 하는 것이다.

9월 말쯤에 하는 상담은 학부모에게 학생에 관한 이야기를 하기 위함이다. 그간 학교에서 어떻게 생활을 했는지, 교사와의 관계는 어떠한지, 어떤 친구들하고 잘 지내고 있는지, 어떤 수업을 즐거워하고 잘 참여하는지 등 하루의 절반 이상 시간을 보내는 학교의 생활을 알려주는 시간이다.

교사들은 상담을 시작하는 시기에 준비할 것이 많다. 교실에서 누구랑 가장 잘 어울리는지, 수업 시간엔 어떤 과목에 관심을 갖는지, 선생님과의 친밀도는 어떠한지 등등을 누가적으로 기록하고 그것을 근거로 부모님과 상담을 준비한다. 그래서 교사들은 매일 학생들의 생활, 즉 학생이 잘 웃는지, 미디어에 어느 정도 노출되어 있는지, 학생들이 잘하는 것은 무엇인지, 관심 분야는 무엇인지, 미래 직업관은 어떠한지 등에 대해 기록한다.

나도 매일 아침 교문 앞에서 아침맞이를 할 때 보면 학생들을 알수가 있다. 거의 매일 실내화를 들고 오지 않는 학생, 재잘거리며 깜찍하게 인사하는 학생, 아침부터 친구들과 어깨싸움하며 힘자랑하는 학생, 교문을 들어서자마자 교실에 들어갈 생각은 하지 않고 그늘에 앉아 친구들과 지난밤의 모든 이야기를 풀어내는 학생, 일찍 와서 교실에 책가방을 가져다 놓고 교문께 나와 어슬렁거리며 친구들을 기다리는 학생, 늦어서 "죄송합니다" 하며 등교하는 학생 등 참으로 다양한 모습들이 있다. 이때의 모습만 봐도 이 학생들은 어떤 취미가 있겠구나, 교실 생활이 행복하겠구나 등등의 모습을 예상하게 된다.

하물며 내가 그럴진대, 교실에서 온종일 학생들과 지내는 선생님들은 이 학생들을 손바닥 보듯 훤하게 파악하고 있다.

선생님의 역할이란

학생들은 집에서의 모습과 학교에서의 모습이 많이 다르다. 가끔 학부모님들 중 "우리 아이는 절대로 우는 아이가 아닙니다" 또는 "우리 아이는 절대 욕을 하지 않아요"라며 '절대'라는 단어를 사용하는 경우가 있다. 그런데 이를 어쩌랴. 학생들은 심지어 내 자식조차도 학교와 집에서의 모습이 판이하다. 유추를 해보면, 집과 학교의 환경 차이 때문이 아닐까 한다. 집은 편안하지만 어느 정도 예절이 필요한 부분에 대한 제약이 있고, 학교는 부모님이 보이지 않는 '울타리 없는 장소'인 것이다. 학생들은 부모님의 관심과 사랑을 받고 싶어 하기 때문에 부모님의 영역을 존중하고 조심한다. 이에 비해 학교는 조금 더 편안한 곳으로 교사들의 눈치만 보면 되는 곳으로 생각하는 듯하다.

그래서 가끔 학부모 상담할 때 자녀에 대해 본인들이 알고 있는 모습과 다르게 얘기하면 화를 내거나 당황하는 경우가 종종 있다. 부모 입장에서는 선생님이 아이를 모른다고 생각할 수도 있겠지만,

그 모습 또한 아이의 일부분임을 받아들여야 한다. 그리고 분명한 것은 모든 선생님들은 아이들이 올바른 길로 나아가도록 사랑으로 보살피기 위해 매 순간 최선을 다한다는 것이다.

보통 학부모 상담 시간은 30분으로 정하고 예약을 받는다. 그런데 예약 시간을 넘기는 경우가 많다. 그러다 보면 뒤에 예약된 상담 시간이 미뤄지는 상황도 발생해 어떤 때에는 식사 시간에 상담이 마무리되지 못하고 바로 다음 상담에 들어가게 되면서 저녁을 놓치게 되는 경우도 있다. 이래저래 상담을 마무리하고 나면 이르면 6시, 늦으면 9시에야 마무리한다.

이렇게 다양한 우여곡절을 겪고 나서 학부모 상담주간이 끝나고 나면 선생님들은 입술이 다 부르트고, 심하면 주말에 앓아눕는 경우도 있다.

영원한 숙제, 돌봄교실

　　　　　　　학교는 학생들을 위하는 많은 과제를 안고 있다. 학교는 정규 교육과정을 운영하는 것 외에 방과후 학교, 돌봄교실, 스포츠교실, 영재교육원, 발명교육원 등을 운영하고 있다. 이중 초등학교에서 가장 큰 몫을 차지하고 있는 영역은 돌봄교실이다. 하교 후에 아이를 돌봐주는 곳이 마땅하지 않은 가정의 경우는 돌봄이 꼭 필요하다고 생각하고 있다. 이를 위해 학교와 지방자치단체에서 돌봄교실을 운영한다.

　　돌봄교실은 방학에도 예외 없이 운영된다. 특히, 내가 신경을 쓰는 것이 방학 돌봄교실 운영이다. 나의 어린 시절을 떠올려 보면 온통 놀았던 기억으로 가득하다. 여름방학에는 냇가에서 수영하고,

돌봄교실에서 개장한 물놀이장

들로 산으로 뛰어다녔고, 겨울방학에는 눈싸움, 썰매 타기, 눈사람 만들기 등을 하며 놀았다. 그런데 돌봄교실에서 하루 종일 아이들에게 매일매일 같은 모습으로 지내라고 하는 것은 벌이라는 생각이 든다. 그래서 나는 방학이 되면 캠프처럼 돌봄교실 아이들이 맘껏 계절을 즐길 수 있는 것들을 계획해달라고 담당 선생님에게 부탁한다.

여름방학에는 이틀 동안 학교 안에 소규모 물놀이장을 마련한다. 선생님들은 옷 갈아입히랴, 안전사고에 대처하랴, 물놀이장이 운영되는 동안에는 녹초가 된다. 그래도 아이들이 돌봄을 통해 지루한 시간이 아니라 추억에 남을 즐거운 시간을 보낸다고 생각하면 포기가 되지 않는다.

겨울방학에는 학교 근처의 썰매장이나 극장, 도서관 등을 찾아다니며 다양한 경험을 하게 한다.

평일엔 부모님들과 함께하는 시간보다 학교에서 지내야 하는 시간이 많은 돌봄 아이들에게 다양하고 보람 있는 교육과정들이 무엇보다 필요하다.

학교는 어떤 곳이어야 하는가

　　　　　"내가 이 위에 선 이유는 사물을 다른 각도에서 보려는 거야. 이 위에서 보면 세상이 무척 다르게 보이지. 믿기지 않는다면 너희들도 한번 해봐, 어서. 어떤 사실을 안다고 생각할 때 그것을 다른 시각에서도 봐야 해. 바보 같고 틀린 일처럼 보여도 시도를 해봐야 해."

　　영화 〈죽은 시인의 사회〉에서 키팅 선생님이 수업 시간에 학생들에게 주문한 말이다.

　　〈죽은 시인의 사회〉는 1959년 뉴잉글랜드에 자리한 웰튼고등학교의 모습을 그린 영화다. 웰튼고등학교는 '전통, 명예, 규율, 최고'를 가치로 내건 전통의 명문고등학교로, 아이비리그 진학률 70% 이상을 자랑하며 입시 사관학교로 명성을 떨치는 곳이었다. 학생들은 자신의 꿈을 알지 못한 채, 성공한 아버지의 전철을 밟아 의료계, 법조계, 금융계로 진출할 목표를 두고 있었다.

이곳에 새로 부임한 존 키팅 선생은 학생들에게 좁은 공간에서 머물지 말고 자유롭게 벗어날 것을 권유한다.

수업 시간에 "자신의 목소리를 찾아라"라고 외치거나, 야외에서 시를 읽고 공을 차는 수업을 하며 "수업은 세계와의 직접 경험을 통해 생각하는 힘을 강하게 키우는 것이다"라고 말하기도 한다.

1989년에 만들어진 할리우드 작품이지만, 〈죽은 시인의 사회〉는 교육이란 무엇인지, 교육을 바라보는 관점은 어떠해야 하는지, 감동을 주는 교육엔 어떤 방법이 있는지 등 교육자의 길을 걷고 있던 나에게 큰 자극을 줬던 영화였다.

새로운 시대, 새로운 인재

2020년을 기점으로 대한민국 공교육은 거대한 변화의 변곡점을 맞이하게 되었다. 코로나로 인해 학교들이 휴업에 돌입하고, 학생들은 새 학기가 되어도 학교에 올 수 없게 되었다.

학생들이 등교할 수 없는 상황이 되자 동영상을 통해 학생들과 소통을 해야 하는 초유의 사태가 발생했다. 교사들이 만든 수업 영상이나 쌍방향 원격 수업을 통해 학생 스스로 학습을 이어 나가야 했다. 교실에서 학생들과 대면 수업이 이루어지지 못하면서 공교육에 위기가 닥쳤다.

상황이 조금 나아져 등교를 해도 사회적 거리 두기로 인해 교실에서 학생들과 어울려 모둠 수업이나 짝 활동 등을 하지 못하고 단조로운 수업을 진행해야 했다.

학교가 나아가야 할 방향

미국의 철학자이자 교육학자인 존 듀이(John Dewey)는 "어제 가르친 그대로 오늘도 가르치는 건 아이들의 내일을 빼앗는 것이다"라고 했다.

요즘 학생들은 휴대폰을 손에 들고 태어났다고 해도 과언이 아니다. 휴대폰을 비롯한 전자 기기는 작금의 학생들에게는 놀이기구에 불과하다. 휴대폰 속의 소프트웨어들을 자유자재로 활용하고 이용한다.

학생들이 게임에 열광하는 이유 중 하나는 '레벨 업'이 있기 때문이다. 게임 안에는 레벨이 있고 그 레벨을 높이기 위해 다양한 시도를 하며 집중하게 되고 이러한 노력과 성장이 즉각적으로 눈에 보이기 때문일 것이다.

그렇다면 교육도 이를 활용해 학생들의 학습에 대한 흥미와 성장을 도모해야 하지 않을까 한다. 예를 들어, 학습에 대한 흥미를 향상하게 시키기 위해 게임처럼 레벨을 만들어 웹상에서 구현하도록 시스템을 구현하는 것이다. 교사들은 학생들을 그 시스템에 접속해 부족한 부분을 찾아내게끔 안내하고 이끌며 교육과 지도를 한다.

미래 사회에서는 풍요로운 정보 속에서 자신에게 필요한 정보를 찾고 이를 지식화하는 능력이 더욱 중요해질 것이다.

학생들이 풍부한 자료 창고에 자유로이 접근할 수 있도록 정보 시스템을 구축하고, 정보를 지식화하는 데 필요한 교육 시스템을 운영하는 것이 미래학교의 역할이라고 생각한다.

천연자원이 많지 않은 우리나라는 사람이 최고의 자원이다. 변화하는 시대에 따라 미래 사회에 필요한 인재들을 길러내야 한다. 그리고 이런 인재들을 꿈꾸게 하는 곳이 학교여야 한다고 생각한다.

오카방고 델타의 가치

아프리카에는 '결코 바다를 찾지 못하는 강'이 있다. 오카방고라는 이름의 이 강은 앙골라 중앙산지에서 발원해 바다로 흘러가지 않고 사막으로 흘러 들어가 오카방고 델타(삼각주)를 만든다. 덕분에 그 주변으로 토착 식물과 코끼리, 버펄로, 하마, 기린, 얼룩말, 사자 등 수많은 동물이 삶을 이어가고 있다.

미국의 시인 헨리 롱펠로(Henry Longfellow)는 그의 시 〈인생 찬가〉에서 이렇게 말했다.

우리가 가야 할 곳, 혹은 가는 길은
향락도 아니요, 슬픔도 아니다.

저마다 내일이 오늘보다 낫도록

행동하는 그것이 목적이요, 길이다.

미국의 여성 사회운동가이자 정치가인 엘리너 루스벨트(Eleanor Roosevelt)는 "호기심과 지칠 줄 모르는 모험심만 있으면 활기차고 의미 있는 삶을 살아나갈 수 있다. 인생은 살아볼 만한 가치가 있는 것이며, 호기심은 항상 깨어 있어야 한다"라고 했다.

오카방고 델타로 여행을 떠났던 여행 칼럼니스트 카트린 지타(Katrin Zita)는 델타에서의 마지막 날 밤 다른 여행객들과 캠프파이어 주변에 둘러앉아 자신이 제일 가치 있게 생각하는 것에 관해 얘기했다고 한다. 첫 번째 얘기한 사람은 가족이라고 얘기를 했고, 경제를 공부하는 사람은 자유를 얘기했으며, 대여섯 군데의 병원을 다니면서 바쁘게 일을 했던 의사는 2박 3일 그곳에서 보낸 삶의 패턴에서 느낀 '느림'이라는 소소한 행복을 최고의 가치로 여겼다고 한다.

예일대와 하버드대 신학부 교수인 헨리 나우웬은 우울증을 앓고 있었다. 어느 날 지적장애인이 모여있는 공동체를 찾아갔는데 사람들이 물었다. "당신은 누구세요?"

"저는 하버드대 교수였던 헨리 나우웬입니다."

그러자 사람들이 "하버드가 뭔데요?"라고 말해 그는 충격에 빠졌다. 그는 일기장에 "공동체 사람들은 내가 하버드대 교수인 것과 많은 업적을 세운 것을 알지 못하고 관심도 없다. 이곳에서는 나는 그저 나우웬일 뿐이다"라고 적었다. 그리고 그는 하버드대 교수가 아닌 헨리 나우웬으로 살면서 우울증을 이겨냈다 한다. 그는 '자신의 가치는 명함이 아니라 존재 자체에 있다'는 것을 깨닫고 자유를 되찾았다고 한다.

시대와 환경에 따른 가치의 변화

4차 산업혁명으로 인해 사무직 및 관리직은 710만 개가 사라지고, 로봇을 비롯한 신규 기술 분야의 직업은 불과 200여 개만이 생겨날 것이라고 한다. 그래서 교육은 틀만 바꾸는 것이 아니고, 사고와 문화를 바꾸는 것이며, 사고와 문화를 바꾸기 위해서는 새로운 철학이 절대 필요하다고 한다. 또한, 교육은 이제 가르치는 것이 아니라 배우게 하는 것이고, 외우는 것이 아니라 상상하는 교육이 되어야 한다고 한다. 기초 교육의 강화와 인문사회 교육의 융합적인 접근을 통한 복합적이고 통합적인 사고를 기르는 교육이 필요하다.

마하트마 간디는 사회가 붕괴되기 전 말기적 현상에서 '인격 없는 교육'을 '사회적 악'이라고 표현했다. 교육을 바라보는 시각과 교육이 지향하는 방향과 교육이 만들어내야 하는 가치가 변해가고 있다. 사회의 변화, 경제의 급격한 변동, 기술의 혁신은 교육의 급변을 요구하고 있다. 물론 변치 않는 가치도 있다. 교육은 사람이 하는 것이고, 사람이 사람을 만나는 것이다. 인간으로서 지켜야 할 가치와 인간이 인간답게 살아가기 위해 필요한 덕목을 교육은 가지고 있어야 한다.

교육현장의 변화는 기계에서 물건을 만들어내는 것처럼 하루아침에 성형이 이루지는 것이 아님을 모두 알고 있을 것이다. 가정, 사회, 지역, 학교 모두가 함께 큰공굴리기 하듯이 천천히 만들어가야 건강한 사회, 건강한 나라, 건강한 미래를 만들어가는 건강한 인물들이 나오지 않을까 한다.

그리고 "빨리 가려거든 혼자 가고, 멀리 가려거든 함께 가라"라는 말이 있다. 급변의 시대에서도 조금은 기다려 줄 수 있는 여유가 있었으면 한다. 오늘도 우리 아이들은 각자의 꿈을 향해, 멋진 미래를 위해 도서관에서 학교에서 로봇을 만들고 악기를 연주하며 책을 읽고 토론하고 있다.

지금도 쉬지 않고 있다

수면 아래 오리의 물갈퀴는

알리바바 창업주인 마윈은 어렸을 때 전반적으로 성적은 나빴지만, 영어 실력은 출중했다. 그가 영어를 공부하게 된 계기는 중학교 첫 수업 시간에 지리 선생님이 한 이야기 때문이었다. 지리 선생님이 호숫가를 걷고 있었는데 몇 명의 외국 관광객이 다가와 그녀에게 길을 물었고, 그녀가 영어로 길을 알려주고 항저우의 경치에 관해서도 소개해 주었다. 외국인이 계속해 고맙다고 인사했다고 말하며 선생님은 "너희는 앞으로 영어 공부에도 힘써야 한다. 외국인이 질문해도 대답을 못 하면 중국 전체가 부끄러워지는 거야"라고 말했다고 한다.

어린 마윈에게 이 이야기가 마음 깊이 새겨졌다. 그는 매일 영어 방송을 듣고 호숫가에 가서 외국인과 대화를 하며 말하기 연습을 했다. 실력이 부족했지만 얼굴에 철판을 깔고 외국인과 대화를 이어 나갔다. 실력이 부족하다고 다른 사람이 비웃어도 개의치 않았다. 영어를 말할 기회만 주어진다면 다른 사람이 어떤 소리를 하건 중요하지 않았다. 이런 용기와 끈기 덕분에 그의 영어 실력은 하루가 다르게 진보했다. 중학생 때는 외국인 관광객을 자전거에 태우고 항저우까지 가이드할 수 있는 정도가 되었다. 그리고 그는 훗날 중국 최대의 부자가 되고, 중국 최고의 사립학교 교장 선생님이 된다.

파울로 코엘료의 장편소설 《연금술사》는 양치기 산티아고가 자신에게 감추어진 보물을 찾기 위해서 양들을 모두 팔고서 떠나는 여정을 그린 작품이다. 산티아고에게 숨겨진 보물을 찾는 방법에 대해 알려준 노인은 그에게 이렇게 말한다.

"하지만 어떤 식으로든 인생의 모든 일에는 치러야 할 대가가 있다는 것을 배우는 건 좋은 일일세. 그건 바로 광명의 전사들이 가르치려고 노력하는 것이기도 해."

눈에 보이지 않아도

'오리' 하면 무엇이 떠오르는가? 안데르센 동화 《미운 오리 새끼》도 있고, '닭 잡아먹고 오리발 내민다'는 속담도 있고, 우리나라의 축

산농가를 울리는 AI의 주범인 오리도 있다.

나는 오리 하면 '노력'을 떠올린다. 오리는 물 위에 떠 있으려면 수면 아래에서 자기의 물갈퀴를 끊임없이 움직여야 한다.

3월, 학교는 새로운 만남을 시작한다. 아이들은 새 학년이 시작되고, 선생님들도 새로운 아이들, 새로운 업무, 새로운 임지로 이동을 해 근무를 시작하게 한다. 교실에는 새 학급을 만들어가기 위해 계획과 실천내용들이 만들어진다.

어떤 선생님은 캠핑 활동을 통한 아이들의 인성 함양을 학급 목표로 잡고 1년 계획을 수립하기도 하고, 어떤 선생님은 다양한 놀이를 수업과 학생들의 일상생활에 접목해서 아이들의 창의성과 유머 감각 및 순발력 등을 길러보려 준비하기도 하며, 몸과 마음이 건강한 아이들과 함께하기 위해 아침 체육활동으로 하루를 시작하는 선생님들도 있다.

선생님들은 알고 있다. 자신이 얼마나 노력하고 헌신하느냐에 따라 아이들의 1년이 달라진다는 것을. 그래서 우리 선생님들은 오늘도 수면 아래 물갈퀴로 열심히 물살을 헤치고 있다.

학교는 우리나라의 미래다

　　　　　학교가 좁은 세계라 생각하는 교사들이 있는데 그렇지 않다고 말해주고 싶다. 학교에서 학생들을 가르치기 위해 얼마나 많은 교육 기관과 유관 기관들이 고민하고 계획하고 지원하고 있는지 알기 때문이다.

　　학교는 교육의 최일선이다. 학교에서 선생님들이 학생들을 교육하면서 함께 성장하고 나누는 것이 다른 어떤 일보다 더 의미 있는 일이고 우리나라를 발전시키는 일이라는 것, 어찌 보면 우리나라의 미래가 바로 학교에서 시작한다는 것을 꼭 명심했으면 좋겠다.

　　나는 현장에 있는 많은 선생님들의 열정과 노력이 오늘도 교육을 발전시키고 있다고 생각한다. 교사는 학생을 가르치는 사람이지만 학생을 통해 자신이 성장하는 사람이기도 하다. 교육을 통해 학생만 성장하는 것이 아니라 교사 자신도 생각과 역량이 커진다. 교사도 교육을 통해 더 바람직한 인격체가 되고 교육 전문가로 거듭나게 된다. 머물러 있는 교사는 성장할 수 없다. 교사도 살아서 움직이는 생명체로서의 교사가 되어야 한다.

선생님들이 자신을 발전시키기 위해서 공부를 하는 것이 그 모습을 지켜보는 학생들에게 잠재적 교육이 된다. 선생님의 공부가 선생님 자체에만 머무는 것이 아니고 직간접적으로 학생들에게 모델링이 되기 때문이다. 선생님들의 도전이 곧 교육의 발전이라고 생각한다.

또한 해마다 만나는 아이들에게 맞춤형 교육을 할 수 있는 교사가 되어야 한다. 학생들의 개인 특성에 따라 맞춤형으로 인성 교육은 물론이고 생활 지도와 학습 지도, 특기 교육에 나만의 교육 방법을 찾아야 한다. 교사 자신의 특성을 살려 그 방면에 특화된 자신만의 교육 전문성을 가져야 한다.

물론 마음이 따뜻한 교사여야 함은 말할 것도 없다.

학교는 지역을 활성화하는 교두보라고 생각한다. 지역의 학교가 잘 운영되면 그 지역에 사람들이 모이고 그로 인해 지역이 더 좋아질 수 있는 계기가 된다. 요즘 지역과 연계한 교육과정을 운영하는 학교들이 많아지는데 그러한 시도들이 지역도 살리고 지역을 사랑하는 아이들을 길러낼 수 있다고 믿는다. '아이들이 하나하나 빛

날 수 있는 학교'를 지역의 사람들과 함께 만들어가는 새로운 꿈들을 꾸어보자.

나 역시 교사 시절 학교 교육을 넘어 좀 더 크고 다양한 일들을 해보고 싶은 욕구가 있었다. 그로 인해 지치지 않고 끊임없이 도전할 수 있었다. 그리고 더 나은 학교, 더 행복한 아이들이 사는 학교를 만들기 위해 끊임없이 고민하는 교육자의 한 사람으로 살아올 수 있었다.

꿈의 속도로 걸어가라

2022. 1. 27. 초 판 1쇄 인쇄
2022. 2. 7. 초 판 1쇄 발행

지은이 | 강미애
펴낸이 | 이종춘
펴낸곳 | **BM** ㈜도서출판 **성안당**

주소 | 04032 서울시 마포구 양화로 127 첨단빌딩 3층(출판기획 R&D 센터)
10881 경기도 파주시 문발로 112 파주 출판 문화도시(제작 및 물류)

전화 | 02) 3142-0036
031) 950-6300

팩스 | 031) 955-0510
등록 | 1973. 2. 1. 제406-2005-000046호
출판사 홈페이지 | **www.cyber.co.kr**
ISBN | 978-89-315-5835-7 (03810)
정가 | **14,000원**

이 책을 만든 사람들

책임 | 최옥현
진행 · 편집 | 심보경
표지 · 본문 디자인 | 김윤남
홍보 | 김계향, 이보람, 유미나, 서세원
국제부 | 이선민, 조혜란, 권수경
마케팅 | 구본철, 차정욱, 나진호, 이동후, 강호묵
마케팅 지원 | 장상범, 박지연
제작 | 김유석

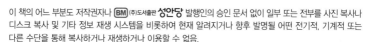

■ 도서 A/S 안내

성안당에서 발행하는 모든 도서는 저자와 출판사, 그리고 독자가 함께 만들어 나갑니다.

좋은 책을 펴내기 위해 많은 노력을 기울이고 있습니다. 혹시라도 내용상의 오류나 오탈자 등이 발견되면 **"좋은 책은 나라의 보배"**로서 우리 모두가 함께 만들어 간다는 마음으로 연락주시기 바랍니다. 수정 보완하여 더 나은 책이 되도록 최선을 다하겠습니다.

성안당은 늘 독자 여러분들의 소중한 의견을 기다리고 있습니다. 좋은 의견을 보내주시는 분께는 성안당 쇼핑몰의 포인트(3,000포인트)를 적립해 드립니다.

잘못 만들어진 책이나 부록 등이 파손된 경우에는 교환해 드립니다.